KIFFE KIFFE HIER ?

DE LA MÊME AUTRICE :

Kiffe kiffe demain, Hachette littératures, 2004.
Du rêve pour les oufs, Hachette littératures, 2006.
Les Gens du Balto, Hachette littératures, 2008.
Un homme, ça ne pleure pas, Fayard, 2014.
Millénium blues, Fayard, 2018.
La Discrétion, Plon, 2020.

Faïza Guène

Kiffe kiffe hier ?

roman

Fayard

ISBN : 978-2-213-72682-3

Dépôt légal : août 2024

À mes filles,

Aux lendemains meilleurs
qui finissent par arriver,

Et à l'âge qu'on a en regardant
dans le fond des verres à la cantine.

1.

Aujourd'hui, c'est lundi et comme tous les lundis, je cours comme une cinglée pour déposer le petit à l'heure à l'école. Marre de passer pour une mère indigne. Trois retards la semaine dernière et ce matin : rebelote. Ça commence mal. Je précise qu'on est seulement le 22 septembre et que je suis déjà dans le collimateur. Depuis la rentrée des classes, j'encaisse sans broncher les regards méprisants de la directrice, Mme Hibou. Ce n'est pas vraiment comme ça qu'elle s'appelle mais la ressemblance est flagrante. D'ailleurs, elle sait tourner la tête à 270 degrés, comme le grand duc. C'est une espèce protégée, j'ai appris ça sur YouTube. Renseignez-vous, c'est fascinant.

Sans même me saluer, elle lève ses sourcils mal épilés en regardant dans l'ordre : la gardienne + sa montre + moi + le ciel, tout ça d'un air ouvertement réprobateur. Bon OK, je suis en retard, mais est-ce que ça mérite une chorégraphie pareille ? J'ai certainement perdu mon humanité en chemin car bien qu'étant un être fait de chair et de sang, je n'ai même pas droit à un simple bonjour.

Pas loin de me lapider contre le portail, la gardienne, elle, hoche carrément la tête de droite à gauche en croisant les bras. Le genre de pose dont seules les gardiennes ont le secret. C'est tout juste si elle ne fait pas : « PFFF ! » En termes de mépris, je vous mets au défi de faire pire en une seule syllabe.

Je dois ravaler mon orgueil. Je n'ai pas d'autre choix possible. Déjà parce que je suis en tort, et ensuite parce que je fais assez honte à mon fils comme ça. Mais surtout, on vient de se taper le chemin de l'école en courant. Sachant que nous vivons à douze minutes de cet établissement classé REP+, j'ai trop transpiré pour tenir tête à quiconque. Je renonce à faire une scène à ces deux adultes peu indulgentes en ayant le nez luisant et des auréoles sous les bras.

Normalement, à 35 ans, je ne devrais plus courir. Même pressée, le bus à mon âge je le regarde filer avec un brin de malice : « Bye bye baby, ne regrette rien, go vivre ta vie de bus, j'essaierai de t'oublier avec le suivant qui arrive dans six minutes direction Pont-de-Bondy Inch'Allah. »

Pas sûre qu'en 2024, en France, ce soit toujours admis de mentionner Allah sans autorisation préalable : à vérifier.

Je me souviens de la dernière fois que j'ai couru, c'était en avril 2020, pendant la pandémie. J'avais rempli une attestation et enfilé un vieux jogging pour prendre l'air hors de mon appartement sans balcon. Motif : sport. LOL. Et pas de jugement s'il vous plaît, je rappelle que certains d'entre vous ont désinfecté leurs courses et ont été vaccinés à trois reprises. Je répète : TROIS REPRISES. Vous ne pouvez pas me voir mais actuellement, je fais le signe trois avec les doigts pour accentuer l'aspect tragique de l'information. Je vous rassure, c'est oublié. Personne ne vous en veut. Crevons l'abcès maintenant, et après, promis, je n'en parlerai plus. Ce qui s'est passé pendant le covid reste dans le covid. Non, désolée, je refuse de dire LA covid, je persisterai à dire LE covid, parce que, *breaking news*, un truc qui vous enferme à la maison, qui vous sape le moral chaque jour que Dieu fait, vous empêche de travailler et de penser à l'avenir, c'est forcément MASCULIN. J'ai détesté ce que ce virus a fait de moi, comme vous tou.s.tes. J'utilise ici l'écriture inclusive pour prouver que je n'ai rien contre une forme de graphie non sexiste mais ce sera la dernière fois. Ça me prendrait un temps fou et augmenterait fortement la probabilité que ce livre soit publié à titre posthume.

Vous l'aurez compris, j'ai vieilli.

Comme je le disais, confinée et à la recherche de stratégies d'évasion, j'avais choisi l'option *passionnée de running* pour mon échappée belle.

Hop, un jeudi à 18 heures, je suis descendue faire deux tours de pâté de maisons à grandes enjambées, impatiente de croiser la police municipale à cheval pour montrer ma petite autorisation dûment remplie et signée. Il faut se remettre dans le contexte ; une verbalisation ça faisait toujours une interaction sociale de gagnée. À ce propos, ne vous imaginez pas que les keufs de la police montée sont dupes. Ils sont en hauteur, ça les rend sûrement moins bêtes que leurs collègues, mes petits cavaliers de la loi, *los jinetes de la ley*, en espagnol je trouve que ça en jette. C'est sûr qu'ils étaient parfaitement capables de faire la distinction entre un vrai sportif et les mythos dans mon genre qui ont enfilé un jogging bouloché avec un seul objectif : quitter leur univers carcéral pour ne pas virer dingo.

Résultat, je me suis foulé une cheville et j'ai pleuré en silence des larmes de sang. J'exagère un peu les faits pour la dimension dramatique. Bref, tout ce détour pour affirmer un principe incontestable : à l'âge adulte, on devrait courir uniquement pour des raisons de SURVIE.

Devant la grille de cette école et pile sous la devise *Liberté*, *Égalité, Fraternité*, je vais devoir m'écraser et me confondre en excuses, car je confie mon enfant à la République française et elle me le rend bien (en vrai, bof).

J'embrasse enfin mon grand garçon, 7 ans depuis juillet dernier, et je m'éloigne en faisant le dos rond, comme on avait coutume de le faire au colonel Kadhafi avant de l'assassiner.

La gardienne ainsi que le hibou n'ont pas l'air sensibles à mon déversement de politesse.

« Oui bah la prochaine fois, je ferme la grille hein !

– Excusez-moi mesdames ! Ça n'arrivera plus ! Merci ! Encore désolée, bonne journée… »

Je leur lance un dernier sourire, des plus hypocrites, qu'elles ne me rendent pas. Ça me met la rage mais ainsi va la vie. Après tout, qui n'a jamais ravalé un « ta mère » de bon matin ? Pas besoin d'être l'algorithme Instagram pour deviner ce qu'elles pensent de moi ces deux-là. Peu probable qu'elles m'offrent un mug « meilleure maman du monde » à mon anniversaire.

Pourquoi est-ce qu'on se juge si sévèrement entre femmes ? Ne me parlez pas de sororité tout en me faisant un croche-pattes dans l'espoir que je chute. Répondez honnêtement : qui connaissait ce mot avant 2018 ? Le *Petit Robert* en personne ignorait son existence : « Ah bon ? Y a un équivalent féminin à la fraternité ? Il faut prévenir ! Je n'étais pas au courant ! »

La bande des mamans du quartier postée devant l'école me regarde passer, ce qui me pousse intuitivement à modifier ma démarche. Lorsque j'essaie d'avoir de l'assurance, je pense toujours à Nicolas Sarkozy sur la dalle d'Argenteuil en 2005 quand il a proposé de débarrasser les braves gens de la racaille. Jamais vu quelqu'un d'aussi confiant. Même Terminator aurait hésité à se risquer à ce genre de provocation. En tout cas, la stratégie de Monsieur Propre a été payante puisqu'il a été élu en 2007 grâce à ses slogans de dératiseur. Un bon paquet de chauffeurs de taxi vous diraient que c'est précisément à partir de là que notre pays a commencé à couler.

Bref, mes collègues mamans me scrutent de haut en bas, au point que ça me pique la peau. À ce prix-là, autant faire un scanner à l'hôpital public qui au moins serait remboursé par la Sécu. J'admire le flow qu'elles ont dans leur djellaba léopard, strassée « Gucci », ou en velours frappé, parfait pour épouser les formes. Tous les matins devant l'école, c'est la *fashion week* pour qui sait apprécier.

Pas folle, je récite des versets du Coran pour empêcher leur mauvais œil de m'atteindre. Ce n'est pas de la superstition mais une formalité obligatoire si on veut survivre parmi les louves, et comme je ne suis pas Mowgli, je fais ce que je peux. Une fois, l'une d'entre elles, qui a la faculté hors du commun de faire un gosse chaque fois qu'elle éternue, m'a complimentée sur ma tenue vestimentaire. Croyez-le ou non, le soir même mon chemisier a pris feu. C'était pas un accident j'vous dis ! J'étais littéralement EN FLAMMES !!! Et ne me dites pas que c'est la matière de mes fringues le problème. Rien à voir avec le polyester mais bien avec l'œil. Les sorties d'école sont hostiles, il faut le savoir et avoir la capacité d'esquiver les coups. Et surtout, ne jamais s'inscrire sur les listes de représentants de parents d'élèves, jamais, à moins que vous ne vouliez qu'on vous fasse la peau. En tant que débutante, j'ai commis cette erreur l'année dernière et ça n'a pas loupé : j'ai été menacée et intimidée par la championne en titre : Mme Bejouj, présidente des parents d'élèves. La daronne à l'allure la plus laïque que je connaisse.

Se sentant totalement légitime, car détentrice d'un BTS communication et d'une veste Zara, son projet était assez clair : rester au pouvoir le plus longtemps possible. Rien à envier au président camerounais Paul Biya, surtout avec des gamins qui redoublent. J'ai évidemment retiré ma candidature illico presto, car j'ai déjà assez de problèmes, et aussi parce que le jour du vote, je l'ai entendue demander aux autres parents de vérifier si les fiches étaient bien « rempliTes ». Normalement, pour ce genre de faute, c'est ni oubli ni pardon, surtout s'agissant d'une ambassadrice du savoir. Je le répète : elle a obtenu un BTS, et avouez-le, ça vous met tous à genoux.

Donc les Mafia's Mammas, comme tous les matins, au lieu de rentrer à la baraque pour rentabiliser le montant du loyer, décident de traîner devant l'école afin de bavarder et commérer. Parfois, elles restent devant les grilles, à jeun, jusqu'à au moins 11 heures. En changeant régulièrement de jambe d'appui, elles pourraient tenir jusqu'à midi facile, sauf en cas de promo chez Action bien sûr. Alors là, elles jetteraient leurs gosses dans la cour et s'éparpilleraient comme des militants socialistes au premier tour d'une élection présidentielle. C'est bien normal, qui ne craquerait pas pour les petits plateaux en miroir et métal doré à 5,79 euros ?

À mon passage, djellaba strassée Gucci brise le silence : « Ça va Doria ? t'es pressée ? »

Moi (dans ma tête) :

« بِسْمِ اللَّهِ الرَّحْمَنِ الرَّحِيمِ قُلْ أَعُوذُ بِرَبِّ الْفَلَقِ »

Je l'ai dit, je demande la protection d'Allah. J'ai appris qu'il fallait toujours souscrire à une assurance qui a fait ses preuves. La boule à facettes de Ouarzazate me demande si je suis pressée ? Bien sûr que je suis pressée. Toujours lorsqu'il s'agit d'esquiver une conversation embarrassante. C'est la règle *numero uno*. Djellaba Guépard prend l'avantage : « Ça fait longtemps qu'on n'a pas vu ton mari ?! »

Ce n'est pas un hasard si le guépard est considéré comme l'un des prédateurs les plus dangereux de la savane. La preuve, cette attaque que je n'avais pas vue venir. La question est clairement sans gêne et j'ai bien envie d'y répondre : « C'est marrant, moi aussi ça fait longtemps que j'ai pas vu mon mari ! »

Tous les objectifs sont maintenant braqués sur moi. Alors que ma transpiration venait à peine de sécher, voilà qu'elles font redémarrer mes glandes sudoripares. Sudoripares ? Vous l'avez ou pas ? Bah voilà, bien fait, fallait suivre en cours de sciences naturelles.

Bien entendu, j'ai menti. Pas envie de raconter ma vie aux Beatles de la djellaba. J'ai simplement répondu : « Il travaille beaucoup, c'est pour ça. »

Les stars montantes de l'élégance sans chaussettes n'ont pas l'air convaincues par ma réponse type de la France qui se lève tôt. Je prends évidemment soin de ne pas les regarder droit dans les yeux sous peine de me changer en batracien.

Mon fils a fini par s'engouffrer dans le hall avec son petit cartable, accompagné de deux autres retardataires. Je l'aime tellement que parfois il me prend une envie de cogner dans le mur. C'est ça quand on est débordé par ses sentiments. Il est mon *millésime, ma plus belle année*, dixit Pascal Obispo, chanteur populaire que j'ai connu à l'époque où il avait des cheveux, n'en déplaise aux sceptiques. Ce gamin, c'est vraiment la plus belle chose qui me soit arrivée après le lissage brésilien à la kératine. Eh oui, désolée, je ne suis pas tout à fait déconstruite sur le plan capillaire. J'ai beaucoup trop regardé la télévision dans les années 90, et sans vouloir remuer le couteau dans la plaie, pas l'ombre d'un cheveu frisé en vue, ou si peu. Même dans les publicités pour les cheveux de type bouclés, les mannequins n'avaient pas les cheveux naturellement bouclés. On nous prenait vraiment pour des veaux, avec tout le respect que je dois aux bovins. Quoi qu'il en soit, je n'ai aucun regret à avoir, ma mère achetait systématiquement le shampooing aux œufs premier prix qui, sans surprise, se trouvait sur l'étagère la plus basse du rayon. Venez les pauvres on arrête de se voiler la face et de se demander pourquoi on a des problèmes de lombaires dès l'âge de 11 ans.

On dit que l'histoire se répète et c'est peut-être un peu vrai.

Comme ma mère il y a vingt ans, je me retrouve à devoir élever mon enfant sans mari.

2.

Je ne pensais pas être capable d'accoucher. Mais depuis l'épisode de la grande évasion sans péridurale il y a sept ans, je peux vous dire que je me sens capable de bien des choses.

C'est étrange mais ça m'a donné une confiance inattendue dans ma force. Accueillir un être aussi merveilleux après avoir ressenti une telle douleur, je ne vois pas de phénomène plus impressionnant en ce bas monde. Je place ça en numéro 1 dans mon classement personnel des miracles, devant les aurores boréales, Maradona et la sauce béarnaise.

Je me dis parfois que si les hommes accouchaient, leurs avantages seraient incontestables. Comment est-ce possible pour les femmes d'accoucher et de bénéficier de si peu de privilèges ? Normalement, on devrait avoir au minimum des billets coupe-file au supermarché, et au maximum : du respect. *Respeto.* Je trouve qu'employer l'espagnol accentue l'aspect dramatique des choses.

C'est vrai ça, les hommes n'ont rien à faire de spécial en dehors de naître. Ils se reposent sur les lauriers de leurs succès passés pour continuer de nous dominer. Ils estiment sûrement qu'ils ont fait leurs preuves et ce n'est pas faux si on jette un œil sur le CV de ces messieurs. Exemples : la chasse, l'armée, la guitare électrique, l'esclavage, la construction de huttes, le viol. Liste non exhaustive.

Aujourd'hui, n'importe quel plouc qui a la compétence de faire cinq tractions d'affilée s'érige en héros tandis que certaines d'entre nous persistent à faire preuve de modestie alors qu'elles ont expulsé de leur corps UN ÊTRE VIVANT.

Je m'excuse, mais la compétition est truquée. À ce niveau-là d'arnaque, c'est Hulk qui perd un bras de fer contre un manchot.

J'ai un fils qui aime sauter et danser, jouer au ballon, me poser des questions existentielles à 6 heures du matin, imiter les animaux et faire mousser le shampooing sur sa tête. Bref, rien d'extraordinaire.

Vraiment, j'espère en faire une bonne personne mais je ne suis pas le genre de mère à crier au génie parce qu'il ne dépasse pas en coloriant. Encourager un enfant pour le faire progresser, c'est bien, lui mentir sur ses capacités, c'est dangereux.

Un conseil : lisez attentivement la notice parce qu'élever un garçon, je vous le dis, c'est une mission à haut risque.

Par exemple, ne l'abreuvez pas de compliments pour trois Legos correctement empilés ou un puzzle 20 pièces achevé en moins d'une heure. C'est comme ça que ça commence et on n'est jamais trop prudentes. Le jour où il sera capable de nouer ses lacets seul, n'applaudissez pas. Rappelez-lui simplement que c'est une chose ordinaire que tout le monde finit par apprendre à faire un jour. Et lorsqu'il termine sa portion de légumes verts, n'affichez pas une mine réjouie, gardez l'air détaché en ajoutant éventuellement : « Ouais bon, t'as mangé tes haricots, c'est bien mais y a pas de quoi casser trois pattes à un canard. »

S'il s'ennuie, proposez-lui plutôt une activité vaisselle ou serpillière pour occuper son temps. Aussitôt la tâche accomplie, passez à la suivante sans prendre la peine de le féliciter. Souvenez-vous qu'il ne paie pas de loyer et que vous faites ça pour son bien. Très important également : arrêtez de le prendre en photo sous tous les angles alors qu'il n'est pas spécialement beau, et utiliser des filtres n'arrangera rien. Votre progéniture ne sera jamais une gravure de mode et vous le savez pertinemment. Pas un hasard si toute la famille le trouve « rigolo ». Sortez rapidement de votre déni, car il n'y a rien de plus destructeur qu'un moche narcissique. Il faut aussi laisser tomber la panoplie de justicier avec étoile de shérif et arme factice à Noël, parce que ça, c'est 95 % de chances de rejoindre la BAC de Nanterre à 22 ans. Et surtout, je vous en conjure, laissez-le pleurer s'il en ressent le besoin. Ne l'exposez pas à des frustrations inutiles. Dans le meilleur des cas, à l'âge adulte, il oubliera de baisser la lunette des toilettes et sera capable de reconnaître un modèle de voiture au bruit du moteur.

Mais dans le pire des cas, ce sera un prédateur dangereux. Vous l'aurez compris, vous avez une petite bombe à retardement entre les mains. Ne baissez pas votre vigilance. Dernière chose, à toutes fins utiles, si un autre parent partage avec vous cette lourde tâche qu'est l'éducation d'un mioche, n'hésitez pas à le solliciter. Parfois, il est crucial de rappeler à son partenaire qu'avoir son nom accolé à la mention *tuteur légal* ne suffit pas. Je crois que nous avons fait le tour de la question. Pour tout le reste, libre à vous. Je vous aurai prévenues.

Depuis que j'ai pris la décision de mettre son père à la porte, pas un poil dans le lavabo de la salle de bains et personne pour me rabaisser quand je regarde un film turc à l'eau de rose. J'ai à nouveau du temps à me consacrer. C'est la bonne nouvelle.

La moins bonne, c'est que je réalise qu'éduquer un garçon me terrifie. J'ai trop peur de créer à mon tour une machine à tout foutre en l'air.

L'année dernière, mon fils a appris à lire et à écrire, et ça, je dois dire que c'était émouvant. Ça a convoqué mes propres souvenirs de cette aventure incroyable. Je me souviens clairement quand j'ai commencé à déchiffrer et à ordonner les lettres, c'était une magie permanente sous mes yeux, un émerveillement de tous les instants. Je lisais tout ce que je pouvais, tout ce qui me tombait sous le nez : les catalogues de promotions Leclerc que je récupérais dans la boîte aux lettres, les conseils de préparation au verso du paquet de riz et les relances de factures impayées que ma mère enfouissait dans le tiroir du buffet. Ce tiroir, elle l'avait baptisé *Qjar el mechekil*, « le tiroir à problèmes ».

Un jour, alors qu'elle et moi rentrions du marché, il a fallu qu'on s'arrête chez le marchand de journaux pour acheter les cigarettes de mon père. Je me souviens avoir lu à haute voix : « T-A-B-A-C P-R-E-S-S-E », puis « M-A-R-L-B-O-R-O », le paquet coûtait 13 francs à cette époque et le cancer des poumons semblait moins préoccupant. Sur les étagères derrière le buraliste, un peu en planque, on pouvait apercevoir différents magazines de charme sous plastique, vendus avec une cassette VHS. En couverture de l'un d'entre eux, juste en face de moi, il y avait cette blonde qui semblait me regarder droit dans les yeux d'un air méchant. Elle portait une culotte pailletée, du rouge à lèvres fuchsia et exhibait deux énormes ballons en silicone et un chapeau de cow-boy. Je n'étais qu'une enfant et sans réfléchir, j'ai à nouveau lu à haute voix ce qui était écrit en lettres capitales sur la revue en la montrant du doigt : « S-E-X-E D-A-N-S L-E F-A-R W-E-S-T ». J'ai senti alors un immense malaise se diffuser dans la pièce. Ma mère a rougi instantanément. Elle a posé les pièces sur le comptoir, agrippé le paquet de cigarettes et m'a entraînée à l'extérieur en me tirant par la capuche, tout ça sans croiser le regard du monsieur moustachu.

Dans la rue, tandis que nous avancions sous la pluie, elle me mettait des miniclaques sur la nuque et s'adressait à moi en arabe : « *Chkoun guelek qray !?* »

Qui t'a demandé de lire ?! Elle n'arrêtait pas de répéter ça. Une tape entre chaque mot : « *Chkoun* *claque* *guelek* *claque* *qray ?!* *claque* hein ?! *claque* »

Je rappelle qu'on ne parlait pas encore de violence éducative en ce temps-là, donc je vous prie de garder pour vous vos jugements sur ma pauvre mère. En tout cas, je n'en menais pas large alors j'ai préféré garder le silence. Mais j'aurais tout à fait pu lui répondre : « Qui m'a demandé de lire ? Bah, l'Éducation nationale déjà, et puis toi aussi, quand tu me demandes en cachette ce qu'il y a marqué sur les courriers du daron. T'as assez souffert comme ça de pas savoir lire, tu devrais être contente que moi j'y arrive non ? »

C'est peut-être la plus grande fierté de ma mère : avoir appris à lire à presque cinquante ans. Peu d'entre nous en seraient capables. Alors je peux vous dire que ça me fait toujours un truc de la voir feuilleter le journal de la ville, et se concentrer sur les rubriques Naissances, Mariages et Décès. Les yeux plissés, elle parcourt les sections, et selon qu'elle reconnaît un nom dans l'une ou dans l'autre, elle affiche un air triste ou un sourire.

Après avoir passé un CAP petite enfance, elle a travaillé en tant qu'agent territorial spécialisé des écoles maternelles pendant près de dix ans. Chaque année, c'était la même histoire, elle s'attachait trop. Ma mère a surinvesti ce métier, elle était préoccupée par le sort des enfants comme s'ils étaient ses propres gosses. Certaines situations familiales la faisaient pleurer, et à la fin de sa prière, toujours, elle invoquait Dieu pour protéger « ses petits ». C'est peu de dire qu'elle aime les enfants, elle est même sacrément douée avec eux. Et ce n'est pas une affirmation en l'air ou basée sur le cliché de la mamma d'Afrique du Nord soi-disant douce, chaleureuse, qui sait cuisiner et prendre soin des bébés. Elle adore les gamins au point qu'après avoir arrêté de travailler dans les écoles, elle a continué de garder des enfants chez elle. Et je pense que les parents bobos qui se sont installés dans le quartier ces dernières années sont tous ravis qu'elle prenne en charge leur progéniture. Ils se passent le tuyau quand ils font des déjeuners à base de fenouil croquant et de graines de courge (10,36 euros le kilo) : « J'ai une nounou extra, Yasmina, t'as pas idée comme elle est douce et chaleureuse. En plus, elle cuisine divinement bien et elle est géniale avec les mômes, je t'assure, tu devrais l'appeler de ma part, Gonzague et Séraphine l'adorent ! Elle leur parle même en arabe ! Au fait, tu sais qu'on part à Marrakech en février ? »

Bon, j'avoue, ma mère est un cliché. Tant pis. Parce qu'il faut dire qu'eux aussi sont des clichés ambulants. Mais parmi tous les mômes qu'elle a eus entre les mains, il y en a un qui est son roi. C'est littéralement le fils qu'elle n'a jamais eu : le mien.

Je lui ai laissé le soin de lui attribuer son prénom. Elle a choisi Adam, comme le premier homme.

3.

Je l'accompagne chez Alain Afflelou alors qu'elle n'est toujours pas capable de prononcer le nom de ce célèbre opticien.

Elle dit : « aflou » et pour une enseigne spécialisée dans la vue, *à flou* c'est tout de même cocasse. Bon, OK, la vanne ne fait rire que moi.

L'humour : 1 – Doria : 0.

Quand la vendeuse a déballé le paquet avec les lunettes pour les faire essayer à ma mère, j'ai découvert qu'elle avait choisi une monture carrée et des VERRES FUMÉS. Mais qui l'a conseillée en mon absence ?! Le styliste de Jeff Dahmer ? Je tente de garder bonne figure et de ne pas être comme la France en Afrique, c'est-à-dire intrusive. Après tout, ce sont ses goûts et je dois les respecter, je n'ai pas mon mot à dire même si c'est sur mon compte bancaire que sa mutuelle est prélevée chaque mois. Si elle a envie de ressembler à un *serial killer* des années 80, ou à un enquêteur de la police marocaine, c'est son droit le plus strict.

« Bsahtek maman, elles te vont trop bien ! »

Après tout ce que cette femme a fait pour moi, il est impératif qu'elle sorte d'ici en se sentant merveilleuse, c'est tout ce qu'elle mérite. Je lui mens pour la bonne cause. Je ne dis rien non plus quand, au lieu d'utiliser les AirPods que je lui ai offerts, elle persiste à coincer son téléphone contre sa joue dans son hijab. Bon, OK, ce ne sont pas des vrais AirPods mais plutôt un plagiat disponible sur Amazon pour la modique somme de 19,90 euros. Je tiens à dire que j'ai commandé les mêmes pour moi et qu'ils fonctionnent, ils sont aussi performants que les originaux. Je peux carrément entendre les salariés de l'usine qui les fabrique à Shenzhen quand ils toussent. J'accepte même qu'elle porte des ballerines sans chaussettes alors qu'on n'est plus en 2011. Bref, je l'aime comme elle est.

Bien sûr, peu importe où je me trouve, avec qui et ce que je suis en train de faire, si ma mère m'appelle, JE DÉCROCHE.

C'est une femme de 65 ans qui a sacrifié sa vie pour m'élever, je lui dois bien ça, et par pitié, ne me parlez pas de culpabilité ou de cordon à couper. Vous, peut-être que vous vous en fichez d'aller au paradis, mais pas moi.

Maintenant que je suis mère à mon tour, je comprends les choses avec les tripes. Dans la maternité, comme dans le rap marseillais, nos organes sont mis en jeu. On ne fait pas des enfants pour avoir des commentaires mignons sur TikTok. On souffre. On mouille le maillot. On joue pour la beauté du geste et avec la foi, comme Cantona à Manchester. On n'est pas là pour plaire aux sponsors. Si on fait des enfants, on est du genre à manger le placenta. Et on se fout du jugement des imbéciles et des livres de Françoise Dolto. Sauf votre respect, c'est la mère de Carlos, le chanteur de *Big Bisou*, je n'ai donc aucune leçon à recevoir de cette dame.

Chaque fois que je pense à ma mère, j'ai envie de lever le poing en criant « Queen ! » comme le font les fans de la chanteuse Beyoncé dès qu'elle apparaît sur scène. Elle ne danse peut-être pas en slip pailleté à Coachella, mais c'est sûr que c'est une reine elle aussi. J'aimerais la faire asseoir sur un trône et la couronner comme l'a été Charles III d'Angleterre. Vous imaginez qu'il a attendu d'avoir 74 ans pour reprendre le flambeau ? Je pense qu'il a dû visionner un paquet de vidéos de méditation sur YouTube à propos du lâcher-prise.

Nous-mêmes, on n'y croyait plus. Je le dis avec respect mais elle était increvable la sienne de mère. *God bless the Queen*, à force de lui envoyer des *blessings*, la baraka des Anglais, elle a été maintenue en vie et en pleine santé au-delà de la normale. Ça se voit qu'elle n'a pas tafé sous des pluies d'amiante comme certains darons algériens. Donc, on peut dire que Charly a carrément mérité de faire joujou avec son sceptre, il a bien failli partir avant elle. Tout vient à point à qui sait attendre. C'est ce que je dis toujours à mon cousin Réda le plombier, qui travaille depuis plus de quinze ans pour Carlos Da Silva. Oui, je sais, difficile de faire plus portugais que ça, désolée si ça sonne caricatural mais c'est bel et bien son nom. *C.D.S. Artisan plombier*. Une entreprise sérieuse qui tourne bien.

Le père Da Silva a embauché Réda en tant qu'apprenti et l'a formé. Comme il était plutôt content de son travail, il a promis de lui laisser la boîte à son départ à la retraite. C'était une affaire de cinq ou six ans normalement. Il a maintenant 71 piges le Carlos. Je ne suis pas une bête en calcul mental mais il a pris de l'avance sur la réforme des retraites on dirait. Je crois qu'il n'est pas près de ranger son déboucheur. Encore déterminé à montrer sa raie pendant quelques années, autrement dit : son *plumber's smile.* En anglais, c'est plus classe je trouve.

Mon cousin Réda n'a d'autre choix que celui de la patience. La nuit, je suis sûre qu'il rêve de changer le flocage du véhicule utilitaire de l'entreprise pour y mettre son nom, mais ce n'est pas pour demain, on ne va pas se mentir. En plus, je crois bien qu'il a fait un vieux transfert claqué sur le daron Da Silva, parce qu'il faut dire que c'était le candidat idéal : non seulement il a fait office de mentor pour mon cousin, mais il a une bonne figure paternelle à moustache comme on les aime.

Réda et ses frères non plus, en matière de patriarche, on ne peut pas dire qu'ils ont été gâtés. Je réalise que je ne connais même pas son prénom à leur daron. Un jour, je l'ai surnommé *CAS-PÈRE*, comme Casper le fantôme mais pas écrit pareil, c'était dû à ses absences répétées. Impossible de me souvenir de son vrai prénom maintenant... Comment il s'appelait déjà ? Bref, ça me reviendra...

En tout cas, il a été un des premiers instigateurs de ce fléau qu'on appelait à l'époque un 6/6. Le parrain de Tlemcen se posait de mars à septembre dans sa petite maison abandonnée à la hâte par un pied-noir en 62 et dans laquelle il n'a même pas refait la déco. Il ne voyait pas sa famille la moitié de l'année. Ça n'avait pas l'air de le déranger d'entrer sur le terrain à la deuxième mi-temps et de laisser tout le boulot à tante Zohra. On sait parfaitement que les buts décisifs sont toujours marqués par les mères. Pendant la période susmentionnée, jamais un coup de fil à ses fils alors que partout en Afrique, les taxiphones poussaient comme des champignons.

De septembre à mars, changement d'ambiance, *se acabo la fiesta amigos*, la fête est finie. Je vous ai prévenus, je trouve qu'en espagnol ça en jette.

Son retour ressemblait un peu à une fin de soirée déprimante. Vous voyez ce moment où le DJ met une musique calme, diminue le volume et que ça commence à vérifier l'horaire du premier métro ? Papa is back, allez on remballe sa bonne humeur et on ferme les rideaux occultants. C'était un vrai rabat-joie.

Ah ça y est ! Son prénom ! Ça me revient ! Il s'appelait Rabah justement, mais pas écrit pareil.

C'est bien simple, on ne l'a jamais vu lâcher un sourire, ni un bifton pour payer le loyer. Ça, c'était à sa femme de s'en occuper grâce à ses travaux de couturière. Meskina la tante Z, toujours à raquer en cash tel un rappeur nigérian.

En tout cas, jusqu'au bout, son mari aura tout fait pour rendre la vie de son entourage un peu moins cool. Paix à son âme, il a été enterré en 2015 en Algérie. Peu de chances qu'on lui organise un gala hommage en direct à la télévision. La période de deuil au bled a été l'occasion pour tante Zohra de rencontrer l'autre femme, *la otra mujer*. Oui, définitivement, je trouve que l'espagnol donne une dimension tragique à la vie et je suis heureuse d'avoir vu les films de Pedro Almodovar avant mon décès.

Donc ce n'est qu'à la mort de *Cas-père* que la tante Z et ses fils ont appris l'existence de la deuxième famille, qui couvrait l'autre partie du contrat à mi-temps.

Contrairement à ce qu'on craignait, ça s'est plutôt bien passé avec l'autre femme, alias Pepsi, concurrent direct de Coca AKA la tante Z, toujours imitée jamais égalée. D'autant que Cas-père a eu avec Pepsi une fille, alias Pepsi max, ça aussi, belle surprise pour Youcef, Réda et Hamza. La seule chose qu'ils ont retenue, c'est qu'elle avait le même gros tarin que leur père. Eux, ils avaient au moins échappé à l'ironie de la génétique.

Vous l'aurez compris, je dis que Zohra est ma tante et Réda, mon cousin, mais c'est une façon de parler. On a grandi ensemble et on a partagé beaucoup alors ça devient un peu la famille à force. Faut pas être jaloux, y a pas que le sang dans la vie. Ça, c'est un truc que j'ai bien compris, la famille, puisqu'on ne la choisit pas, alors on est libres d'en créer une.

Tante Zohra, c'est surtout l'amie de ma mère, sa BFF, son alter ego, et toujours sa voisine à la cité du Paradis. Les deux sont encore copines comme cochons, surtout depuis qu'elles ont fait ensemble leur pèlerinage à La Mecque en 2014. Leur amitié est belle à voir. Comme diraient les jeunes : « Entre elles, *ça bouge pas.* »

Réda est celui de ses trois fils qui s'en est le mieux sorti je trouve. Il s'est marié avec une fille sympa et habite un appartement neuf qu'il a acheté sur plan il y a quelques années du côté de Gagny, autrement dit le bon côté de la Seine-Saint-Denis, oui il y en a un, ne soyez pas mauvaise langue. Il existe bel et bien un 9.3 des bourges. Bon, il s'est endetté sur vingt ans et ça, pour sa mère, ça craint. Tante Zohra pourrait en chialer car bien sûr elle est contre. Elle dit que le crédit nous est strictement interdit. D'ailleurs, c'est stipulé dans notre convention collective. Vous voyez de quoi je parle ?

Contraire aux valeurs de notre entreprise fondée en 611 et plus tellement cotée sur les marchés occidentaux. Les taux ont chuté brutalement le 11 septembre 2001. Un mot en cinq lettres. Je crains de l'écrire car je risque d'être fichée S. C'est bon vous avez saisi ?

Sur la question du crédit à la banque pour acheter un bien, je ne suis pas là pour alimenter des débats déjà houleux, je dis juste qu'on n'est peut-être pas tous destinés à devenir propriétaires. Les vidéos de motivation censées donner la clef de la réussite qui tournent en boucle sur Instagram, avec des sous-titres bourrés de fautes d'orthographe, soyons clairs, ça ne nous aide pas. Je ne suis pas prof de français mais je n'ai aucun conseil de réussite à recevoir de quelqu'un qui confond *c'est/ses/ces*.

Sans vouloir me la jouer marxiste muslim, ce rapport au succès est insupportable. Réussir sa vie, c'est peut-être juste devenir quelqu'un de bien non ? Même si je le dis dans une vidéo Instagram et qu'elle fait zéro like, j'assume, voilà ce que je voudrais apprendre à mon fils. J'aimerais qu'il soit heureux dans la vie même s'il est locataire, sans un rond de côté et qu'il a une énorme calvitie.

Sur le mektoub, je n'ai pas tellement changé d'avis. Je trouve qu'accepter son sort, c'est une bonne chose, et ça ne signifie pas nécessairement qu'il faut se résigner. Question de bon sens.

4.

Je suis complètement névrosée. C'est le cas de la plupart d'entre vous alors pas la peine de faire les malins.

Je vous signale que j'approche la quarantaine. Bon, c'est vrai, je n'ai encore que 35 ans, mais disons que je commence gentiment à glisser sur la pente savonneuse qui me conduit vers les 40. Autrement dit : tout droit vers la mort, *directo hacia la muerte*. Cette même pente qui m'amènera un jour à commander des semelles orthopédiques, éloigner mon téléphone pour lire mes messages, diminuer le sel, acheter des lots de slips antifuites en pharmacie et parler trop longtemps à des inconnus, ce qui les obligera à inventer des prétextes bidons pour me fuir. Avant que tout ça n'arrive et m'empêche d'être lucide, il est peut-être temps que je démarre un examen de conscience serein. Je le sais et je n'en ai pas honte : j'ai un grain. Rien de dangereux, je vous rassure. J'ai un grain assez inoffensif, mais soyons francs, j'ai un grain. Et s'il vous plaît, abstenez-vous de faire référence au grain de semoule parce que je vous vois venir d'ici avec vos blagues racistes sur le couscous. Laissez-moi vous dire une chose : on n'est plus en 2004. Il serait temps que le racisme stoppe enfin sa course insensée. C'est fini, on s'est assez tu comme ça et on a suffisamment fait semblant de rire à ce genre de vannes qui n'auraient jamais dû survivre aux années 80. Bref, j'ai un grain, pas de semoule donc, mais de folie et j'apprends à vivre avec. Faut dire que c'était prévisible. Le terrain était carrément fertile. D'abord parce que je vis en France, qui je le rappelle, est le premier pays producteur de névroses au monde, donc obligée d'être impactée, et ensuite pour toutes les autres raisons précédemment citées dans ma modeste biographie.

Quand je pense que j'ai longtemps été convaincue que mes troubles obsessionnels compulsifs étaient des habitudes mignonnes. J'ai aussi cru que dresser des listes de tout et n'importe quoi en permanence, c'était normal. Vous n'imaginez pas le nombre incalculable de feuilles griffonnées qui traînent dans les tiroirs de la maison, dans mes sacs à main et mes poches de vestes.

Au hasard, je fouille dans mon jean et hop, voilà que je tombe sur une liste intitulée : *liste des choses les plus stupides jamais inventées*. Pour l'instant, en numéro 1, j'ai inscrit : *le concours du plus gros mangeur de hot dogs*. Cette idée a traversé mon esprit, déjà bien encombré, je l'ai notée et bien sûr, il m'a pris l'envie d'en apprendre davantage sur ce concours débile. Alors que j'avais mille trucs plus urgents à faire, j'ai donc passé une plombe sur Internet à collecter des informations absolument inutiles. Par exemple, saviez-vous que le champion en titre Joey Chesnut, alias *Jaws*, *la mâchoire*, a battu son propre record en ingurgitant 76 hot dogs en dix minutes ? Et qu'il en est déjà à sa quatorzième victoire ?

Il faut que je vous dise que ce genre de choses m'obsède à un degré que vous ne pouvez pas imaginer, parce que je ne me contente pas simplement de déplorer la bêtise d'une telle compétition, non, moi, le problème, c'est que ça m'engage dans une réflexion tellement poussée que je n'arrive plus à en sortir. Je me mets à philosopher intérieurement pendant des heures sur ce qu'est devenu le genre humain pour inventer des conneries pareilles, sur l'indécence et l'opulence, sur la société de consommation et le capitalisme poussés à leur paroxysme. Mais surtout, j'ai besoin d'imaginer la vie de ce Joey, son histoire familiale, son parcours, ses angoisses, ses problèmes de pellicules, ses traumas, la fille qui a refusé de l'accompagner au bal de promo du lycée, le type de chaussures dans lesquelles il marche, ce qui a pu le blesser dans l'enfance, enfin n'importe quoi qui m'aiderait à comprendre ce qui pousse un type ordinaire à vouloir devenir une star de la bouffe. Pourquoi Joey pense que son talent dans la vie, c'est d'engloutir du pain et des saucisses très très vite ? Qu'est-ce qui l'a conduit à se rendre à Coney Island pour dévorer des dizaines de hot dogs en respirant par le nez, et ce pour la quatorzième année consécutive ?

Je t'en supplie, Joey, jure-moi que tu n'as rien trouvé de mieux à faire ici-bas ! Jure-le sur ta Holy Bible, sur ton pick-up Chevrolet Silverado et sur la bouteille de sauce BBQ qui te sponsorise ! Parce que je refuse de croire que ton unique contribution à ce monde, ce soit de bouffer des hot dogs. Et dans quel pays ce concours a lieu d'après vous ? Inutile de vous souffler la réponse, c'est hyperfacile, je vous ai déjà livré beaucoup trop d'indices. C'est bien évidemment au pays de l'oncle Sam :

The United States of America. Entre nous, s'ils n'avaient pas inventé le ketchup et Brad Pitt, à quoi ils serviraient ? C'est vraiment une idée d'Américains d'organiser ce genre de manifestation pour célébrer le 4 Juillet. Ils ne pouvaient pas se contenter de feux d'artifice et de défilés militaires qui coûtent trois millions et demi aux contribuables comme on le fait en France pour notre fête nationale ? Un peu de grandeur et de dignité c'est trop leur demander ?!

Je suis même allée jusqu'à rechercher Joey Chesnut sur Instagram. Figurez-vous que son compte est certifié et qu'il est suivi par plus de 117 000 personnes, dont moi. Évidemment que je me suis abonnée. Qu'est-ce que vous croyez ? J'ai passé trop de temps sur cette enquête pour qu'on se quitte comme ça, Joey et moi. À force, je me suis attachée à lui, c'est humain. J'ai le cœur fragile. En description dans sa bio, juste après l'emoji hot dog, il a inscrit : *world's #1 competitive eater.* Je n'ai pas résisté à l'envie de lui écrire un message dans mon anglais approximatif. Soutenue par Google Traduction, je lui ai adressé ces quelques mots : *« Hello Joey, I hope you are happy. I am Doria, a French woman living in Paris. »*

Oui, bon d'accord, j'habite à Bondy, ce n'est pas exactement Paris, mais c'est tout comme.

Et puis Joey n'a pas besoin de connaître tous les détails géographiques. Ne soyez pas si rigides. En plus, ce n'est pas un mec qui vit dans le Kentucky qui va me faire la leçon. Bref, je disais: « *Hello Joey, I hope you are happy. I am Doria, a French woman living in BONDY, a city almost like Paris. I am 35 years old, and I really wonder why you do that. I mean, deeply, what happened to you and let you become a professional eater? Thank you for your answer.* » Meilleure manière de percer le mystère de ses motivations profondes : lui poser directement la question. J'espère avoir une réponse de sa part et je ne manquerai pas de vous la partager Inch'Allah. À propos, toujours pas reçu d'informations relatives à l'emploi abusif du mot Allah dans un livre publié en langue française et distribué sur tout le territoire. Sur la *liste des choses les plus stupides jamais inventées*, pour information, j'ai aussi inscrit : *la doudoune sans manches*, *les bars à chats et le ministère de la Justice*. Je vous préviens, toutes mes listes ne sont pas actualisées et leur contenu n'est pas forcément classé par ordre de priorité. La preuve, jetez un œil sur la dernière en date : *liste des choses primordiales dont je dois m'occuper absolument cette semaine.*

- Résilier mon abonnement Basic Fit
- M'épiler la moustache

- Imprimer des CV
- Racheter de la lessive (promo Auchan sur le pack Le Chat Sensitive 34 lavages)
- Trouver une avocate pour déposer la demande de divorce
- Arroser les plantes

Vous voyez bien que j'ai un grain.

5.

Alors oui, je sais, rien d'original dans ce que je vais vous raconter. J'aurais sincèrement aimé vous faire une mise à jour plus glorieuse du type : « Ils se marièrent et eurent beaucoup d'enfants. » Moi-même, bien qu'étant une personnalité assez fantaisiste, je n'échappe pas à la tragédie statistique. Dois-je rappeler qu'à Paris un mariage sur deux se solde par un divorce ? Oui, à Bondy aussi ! Le chiffre est le même ! Ne vous moquez pas ! Paris-Bondy, à peu de chose près, c'est pareil je vous dis. Si vous ne me croyez pas, allez voir de vos propres yeux ce qui s'y passe. Réveillez-vous les loulous, la gentrification a fait son œuvre.

De nouveaux immeubles poussent à vue d'œil sur la nationale 3 et on trouve même des magasins bio avec des étalages de légumes défigurés et hors de prix. Je ne parle pas des pistes cyclables qui longent le canal et qui ont attiré leur lot de pédaleurs fous.

D'ailleurs, moi qui suis d'une nature plutôt calme, l'autre jour, j'ai eu une altercation avec l'un d'entre eux, un type que Dieu a doté d'un extraordinaire culot. Vous voyez un peu ce style de cycliste exaspérant avec son casque en polycarbonate aux sangles réglables et son arrogance d'ex-Parisien mal adapté ? Bref, tout ce qu'il y a de plus basique. Je vous fais facilement son portrait.

Il s'appelle Fred ou Steph, un des deux, disons Fred. Depuis trois ou quatre ans, il commence à grisonner un peu, juste assez pour s'imaginer qu'il gagne en charme et que ça lui donne des airs de George Clooney. À vrai dire, c'est une fille un peu bourrée qui lui a dit ça un soir en boîte et lui, il l'a crue. Fred porte un parfum ambré l'été et un autre aux accents plutôt boisés en hiver. Le matin, il boit son café latte dans un mug sur lequel il est inscrit « Pur Beau Gosse », et qui lui a été offert par ses anciens collègues à son pot de départ. Ça l'avait beaucoup déçu, il croyait être plus apprécié que ça. Il avait plutôt imaginé recevoir une ceinture Hermès mais tant pis, il a gardé la tasse. Depuis, il reste en retrait au travail, il a compris la leçon, on ne mélange pas boulot et amitié. Fred est plutôt en bonne forme physique, il se permet donc de prodiguer des conseils diététiques et de vanter les mérites de son *lifestyle.* D'ailleurs, dire des mots en anglais pour avoir l'air d'en connaître un rayon, c'est ce qu'il aime par-dessus tout. Ça et porter des pantalons fluides qui laissent entrevoir ses chaussettes aux motifs farfelus.

En couple depuis huit ans avec Émilie, ou Julie, peu importe, disons Émilie, c'est souvent lui qui a le dessus, il joue le mec progressiste mais il faut avouer qu'il préfère les filles conciliantes pour ne pas dire dociles. Émilie désespère d'être épousée un jour parce que le mariage, ce n'est pas tellement le genre de Fred. Il s'invente une mentalité de marin avec ses envies de liberté, sa peur de l'engagement, et ce besoin de se retrouver seul régulièrement pour « souffler un peu ». En attendant, *Sindbad la légende des sept mers* se contente de fantasmer la fugue qu'il n'aura jamais le courage de faire, économise ses tickets resto, se décrotte le nez quand il s'ennuie au bureau et paie des verres à des filles pour s'assurer qu'il plaît encore. À propos du mariage, Émilie espère tout de même qu'il changera d'avis, le temps file et elle n'est plus toute jeune. Elle aussi voudrait des enfants comme ses copines, des petites têtes blondes à qui elle pourrait donner des prénoms de l'entre-deux-guerres. Après tout, c'est dans l'ordre des choses, ils ont un ADN bourgeois, c'est aussi pour ça qu'ils se sont reconnus avec Fred. On ne se refait pas, c'est presque génétique cette attraction pour les papiers à signer. Ils finiront bien par faire un contrat un jour, c'est en bonne voie, ils ont déjà un document Excel enregistré dans le dossier *Budget* sur l'ordi, dans lequel sont listées leurs dépenses communes. Chez eux, tout est divisé par deux, ça se joue au centime près. Pour le moment, la vie, telle quelle, suffit à Fred. Les gamins ça ne presse pas, il n'a encore que 39 ans. Côté professionnel, il est graphiste pour une agence privée quelconque et heureux propriétaire de ce fameux vélo électrique avec lequel j'ai failli entrer en collision. Acheté grâce à la cagnotte CotizUp organisée par les amis et la famille à son anniversaire et à laquelle la moitié des gens se sont sentis obligés de participer par principe.

Si on considère l'organisation sociale classique en France et la ségrégation qui s'exerce dans nos quartiers, je n'avais aucune raison de rencontrer un jour ce Fred. Rien n'était prévu pour que nos chemins se croisent et de surcroît à Bondy, chez moi, dans MA ville. Ce matin-là, je conduisais tranquillement ma 107 rouge qui ne dépasse pas les 40 kilomètres/heure et avec laquelle il m'est impossible d'emprunter les voies rapides. C'est à cause de mes soucis d'injecteurs toujours pas réglés. Ça va me coûter pas moins de 300 balles cette affaire d'après mon cousin Hamza qui m'a fait le diagnostic. C'est pour ça que ça traîne, je ne sais pas comment je vais les pondre les 300 balles, et encore il est sympa il ne compte pas la main-d'œuvre. Hamza, c'est l'un des fils de tante Zohra, celui qui est garagiste, le frère de Réda le plombier. Soit dit en passant, appeler son fils Hamza, c'est 70 % de chances qu'il devienne garagiste. C'est étrange mais ce prénom est carrément « mécanique compatible ». Je vous assure, demandez à vos garagistes leurs prénoms au lieu de les traiter d'escrocs, vous verrez bien. Ça aussi, c'est une de mes listes qui doit traîner dans le fond d'une poche : *liste des prénoms stars chez les garagistes*. Évidemment, Hamza arrive en numéro 1, sans conteste il obtient la médaille d'or, mais j'ai aussi marqué : Gérard et Jordan, qui avaient évidemment leur place sur le podium.

Rendez-vous compte, la tante Z a un fils plombier et un fils garagiste. Un vrai cadeau de la vie. Dommage que Youcef, son troisième garçon, ne soit pas serrurier, elle aurait fait un *perfect*. Son truc à lui, c'était plutôt de faire sauter les serrures pour entrer par effraction chez les gens, mais c'est encore une autre histoire.

Revenons à Fred, je roule donc à Bondy, je dépasse le magasin GIFI et je tourne à droite pour rejoindre la mairie, juste après le Monoprix. Que des rimes en i, apparemment, je suis une poétesse qui s'ignore. Bref, je me déporte, après avoir mis mon clignotant. Je tiens à dire que je suis extrêmement prudente au volant parce que ça a été le parcours du combattant pour obtenir mon permis de conduire. Pas de chance ce feu orange clignotant à l'intersection derrière le tribunal de Bobigny. J'avais été aveuglée par le soleil, il était à son zénith et tapait pleine face dans mon pare-brise. L'inspecteur n'a rien voulu savoir, il m'a demandé d'arrêter le véhicule et de me garer sur le côté. Fin brutale de l'examen après huit minutes de conduite. Soi-disant c'est éliminatoire de griller un feu orange clignotant qui passe au rouge. Je préfère préciser qu'il était chauve. J'ai remarqué que les chauves ont souvent la haine et beaucoup de violence réprimée. Y a qu'à regarder les films d'action, toujours des mecs avec zéro cheveu sur le caillou pour cogner dans des murs et dégainer des armes à feu sans raison valable.

Sachez en tout cas que j'ai passé mon permis trois fois, après un cumul de 96 heures de cours et que j'ai dû nettoyer les chiottes du Quick de la place de Clichy pour me les payer. Vous n'avez pas idée du degré d'horreur dont il s'agit. C'est écrit noir sur blanc dans les évangiles selon Saint-Marc, j'ai une petite connaissance des textes bibliques grâce à ma voisine Rita, catholique convaincue, dont je vous parlerai plus tard. Je l'adore. S'il n'y avait que des êtres humains comme elle, c'est sûr qu'en 732 les Sarrasins seraient allés plus loin que Poitiers. Dommage. Voici le psaume en question : « Quant à Celui qui n'a pas vu les W.-C. du Quick de la place de Clichy le samedi soir, celui-là ignore tout de la souffrance, de la disgrâce et de l'infamie. *Dolorem et Ignominiam.* » Ici, l'utilisation du latin est indispensable, c'est vraiment pour marquer les esprits, parce que je vous assure que ces images ne s'effacent pas si facilement. Je l'ai mérité mon permis, et ma voiture aussi. Pas très écolo, je sais bien, mais là, je vous parle de la vraie vie. Parce qu'à part les féministes françaises de 75 piges, qui peut bien être nostalgique des mains au *tarma* qu'on se prend dans les transports en commun à l'heure de pointe pour rentrer en banlieue ?! Dans ma voiture, je me sens en sécurité. Enfin, je me *sentais* en sécurité jusqu'à ma rencontre avec Fred.

J'ai donc tourné à droite après les multiples vérifications d'usage, rétro latéral droit et rétro latéral gauche, rétro arrière, sereinement et sans me méfier. Pas de danger imminent. C'était sans compter sur le bobo surgissant de nulle part à toute allure avec son casque Decathlon, se croyant dans son bon droit car pour lui, la vie est une longue piste cyclable. À la dernière seconde, il tourne son guidon et m'évite de justesse. Moi, tout ce que je vois, c'est une mascotte *Europe Écologie Les Verts* complètement furax qui s'excite et met un coup de pied dans la portière côté passager de MA 107 rouge. Alors ça, non, il n'aurait pas dû. Tu ne touches pas à ma voiture. Je ne vais pas ouvrir une nouvelle parenthèse pour vous raconter à quel point c'était galère de réunir la somme pour l'acheter ma petite 107 d'occasion. Et je vous épargne les aventures liées à mes recherches dans la section véhicules du *bon coin* et aux prédateurs sexuels, arnaqueurs et assassins qui pullulent sur ce site Internet de mabouls.

En plus de chercher à m'intimider, Fred pointe du doigt la route, hors de lui, et se permet de me hurler à la figure : « Vous n'avez rien à faire là !!! »

Pardon ? *Sorry?* Je crois que je n'ai pas bien entendu. *Escuche mal señor !* Moi ? Moi, je n'ai rien à faire là ?!!

Alors là, je peux vous dire que votre petite Doria est devenue littéralement *Il Volcano di Bondy*, vous ne m'auriez pas reconnue. Il paraît que mon nouveau surnom dans la ville, c'est : le Vésuve. J'ai sorti ma tête de la voiture tel un cobra noir du désert prêt à mordre. Ce que Fred ne sait pas, c'est qu'une Franco-Marocaine à découvert et en pleine séparation, c'est extrêmement venimeux.

J'ai crié : « C'est TOI qui n'as rien à faire là ! Barre-toi d'ici avec ton casque et ton vélo électrique avant que je te roule dessus ! Espèce de gentrificateur va ! »

Je crois qu'il a été surpris, non par ma violence mais par le choix de mon insulte. *Gentrificateur*. Si vous le prononcez lentement avec une grosse voix grave, ça prend l'allure du titre d'un blockbuster avec Vin Diesel, un film à suite. Je vois d'ici la bande-annonce de *Gentrificateur 2* : « Après avoir conquis Les Lilas, Romainville, Pantin, Noisy-le-Sec et Bondy, Gentrificateur ne recule devant rien, il s'attaque désormais à Rosny-sous-Bois ! Jusqu'où ira-t-il ? En Seine-et-Marne ? »

Fred a écarquillé les yeux, il est resté stupéfait quelques secondes avant de remonter sur son engin à 1 500 euros en emportant avec lui son sac à dos imperméable d'une marque suédoise inconnue au bataillon. Si je peux vous donner un conseil, en cas de conflit, sélectionnez bien votre injure, cela pourrait faire naître un effarement qui désamorcera l'embrouille. Ça me donne une idée, et si je créais *la liste des insultes cocasses à balancer en cas de problème* ?

Je vous le dis, Bondy a changé. En dix ans, l'évolution est flagrante. D'ailleurs, il est passé où l'ancien taulard avec le tatouage vert artisanal sur l'avant-bras qui se baladait toujours avec un sac plastique vide en parlant tout seul ? Si vous le croisez, donnez-moi de ses nouvelles, je m'inquiète. De toute façon, il n'est pas le seul, une bonne partie de la population a disparu, absorbée par l'augmentation des prix et recrachée plus loin, toujours plus loin.

Voilà ce que j'ai à dire : nous, on n'en a rien à foutre de leurs fromageries. Qu'ils arrêtent de nous coloniser.

Si vous êtes sceptiques sur le sort de Bondy, c'est que vous n'avez jamais entendu parler des *Jardins de Sélène*. Tous les jours que Dieu fait, en sortant de chez moi, je tombe sur une affiche qui vante les mérites de ce programme immobilier du futur. Impossible de les louper, elles sont placardées partout dans la ville. Le slogan fait rêver : « Devenir propriétaire dans le neuf, c'est vraiment possible ! » Pas juste possible on vous dit : VRAIMENT possible.

Dès le début des travaux, à la mise en vente des premiers appartements sur plan, Steve a été conquis. Oui, Steve, c'est mon mari, enfin *c'était* mon mari, même s'il l'est encore d'un point de vue administratif, je dois m'habituer à employer le passé pour vous parler de lui. Ça ne devrait pas être si compliqué, il était déjà conjugué à l'*imparfait* depuis un bout de temps. Eh oui, ce n'est pas une vanne, son prénom, c'est bien Steve, mais soyez patients, car je ne peux pas tout expliquer d'un coup. Donc, Steve a été conquis et a fait de son mieux pour me convaincre qu'il nous fallait acheter un bien commun.

Moi, personnellement, je m'en fichais de devenir propriétaire puisque comme vous le savez je ne crois pas que posséder un appartement et s'endetter sur vingt ans soit une condition impérative au bonheur (cf. chapitre 3). Mais à force qu'il m'en parle à la moindre occasion, voilà que j'ai été emportée dans son rêve de pauvre, tout comme cette malheureuse vache a été emportée par la tornade du film *Twister*. Pour ceux qui s'en souviennent, c'était dans la bande-annonce. À l'époque, on n'avait pas besoin de grand-chose en termes d'effets spéciaux pour être terrifiés. On évoquera la révolution numérique de ces vingt dernières années à un moment plus opportun. Bref. Pour lui, c'était la grande vie qui s'offrait à nous : « des appartements allant du studio au 5 pièces en duplex, balcons, terrasses, loggias et jardins privatifs ».

Laissez-moi rigoler. *Loggias*. Vous pensez vraiment qu'il connaissait la signification de ce mot ? Je peux mettre ma main au feu qu'avant de se renseigner sur la mise en vente de ce lot d'appartements, Steve devait croire que les loggias étaient des pâtes agrémentées d'une sauce champignons basilic, autrement dit des *funghi pesto* dont ils ont le secret à Napoli. *Si, adoro la cucina italiana !* Vous vous doutez bien que je n'allais pas manquer une occasion pareille d'employer l'italien et ce pour votre plus grande joie. Parce que, après tout, quoi de plus drôle qu'un cliché ?

Comme je le disais plus tôt, grâce au nouveau visage de Bondy, Steve a appris que les loggias sont des espaces extérieurs couverts et non la *pasta de la mamma napoletana*. Tous les soirs, il louchait sur les simulations 3D proposées par les constructeurs sur leur site pour aider les futurs propriétaires à se projeter dans l'avenir. Il se voyait déjà y vivre. Lui, vautré dans le fauteuil du salon au design moderne. Lui, debout sur le balcon végétal, vêtu de son plus beau maillot du Bayern Munich. Encore lui, installé dans la loggia pour fumer sa cigarette en regardant passer Fred et ses amis cyclistes au bord du fameux canal de l'Ourcq, à la surface duquel on n'est pas à l'abri de voir flotter quelques rats morts de temps à autre. En somme, la promesse d'une vie rêvée pour un gars comme Steve, un homme marié, père, et surtout, heureux détenteur d'un contrat de vendeur chez Darty. Après avoir enchaîné des missions intérim et des CDD qui ne se transformaient jamais en CDI, malgré l'espoir qu'il entretenait à chaque fin de période, on avait fini par l'embaucher au sein de cette enseigne qu'on ne présente plus. C'était le Graal pour lui, à croire qu'il intégrait un programme de la NASA. Il m'avait paru trop enthousiaste.

Même quand je lui ai annoncé ma grossesse en novembre 2016, je l'avais senti moins ému.

Acheter un F3 dans la résidence des *Jardins de Sélène*, il n'avait plus que ça à la bouche. Il m'envoyait constamment des sms sur les taux pour emprunter, des PDF de plans d'architectes mis à disposition par l'agence, des photos des halls et des balcons aussitôt construits. Il s'introduisait même sur les chantiers, pourtant interdits au public, pour me faire des vidéos de l'avancée des travaux. C'est simple, tout ça porte un nom : le harcèlement.

« Et untel a signé la semaine dernière, et regarde celui-là est mis en vente à partir de 259 300 euros, et mon pote Karim m'a conseillé de foncer, et c'est maintenant ou jamais, et on va le regretter… » Et patati et patata.

Moi, je n'étais pas prête à vendre mon âme aux banquiers, pas même ceux du Crédit agricole qui ont pourtant la réputation d'être hypersympas et de vous offrir un *ristretto* de la machine même si c'est pour vous refuser un prêt.

Je ne me suis pas laissé convaincre malgré toutes les stratégies mises en œuvre et malgré le talent indéniable de vendeur électroménager de Steve. Je dois bien lui reconnaître cette qualité : il ne lâche pas l'affaire. C'est d'ailleurs comme ça qu'il m'a eue. Grâce à sa persévérance. J'ai beaucoup de mal à dire ce mot d'ailleurs. Persévérance. Dès qu'il s'agit de le prononcer, c'est bizarre, je deviens dyslexique. J'ai tendance à entendre *perverse errance*. C'est aussi un des problèmes qu'on a quand on a suivi une thérapie. On commence à lire entre les lignes même quand il n'y a pas de lignes et ça, c'est assez emmerdant. Bref, Steve a le mérite de *pervers serrer*. Il a l'habitude, c'est dans sa formation. Normalement, il y a une petite prime à la clef notée en italique sur la fiche de paie mensuelle portant le logo Darty. Devant mon refus d'accepter de me lancer avec lui dans son projet, il a continué de s'obstiner, parce que les hommes chouchoutés par leur mère ont un problème avec la sémantique. Mais ce n'est peut-être pas encore le moment de vous parler de Claude-Marie, mon ex-belle-mère, attendons un peu avant de faire trembler la République.

On dit souvent que les hommes et les femmes ne se comprennent pas, et c'est vrai, mais je pense avoir une explication. Elle est simple, ça ne tient qu'à une chose, un mot. Et ce mot, c'est : NON. Nous ne lui donnons pas le même sens. Ça devrait se discuter à l'Académie française mais vu le nombre de femmes qui y siègent, ce n'est pas demain qu'on va régler le problème.

Faisons un point rapide.

Attention les gars, alerte SPOILER : non signifie NON.

Il n'y a aucun piège contrairement aux rumeurs que vous colportez entre vous depuis des siècles. Lorsque nous disons NON, nous ne cherchons pas à dire autre chose que non. Il vous suffit d'entendre NON dans son sens premier et c'est aussi valable pour ses variantes : « Je ne veux pas, je n'ai pas envie, ça ne me dit pas trop, non merci, lâche-moi, cesse de me suivre, oublie… etc., etc., etc. »

À force d'insister, j'ai même fini par penser qu'il m'avait confondue avec une de ses clientes de Darty République. C'était une erreur de sa part de me traiter comme une dernière Mireille à qui il fait du charme, dans l'espoir de lui vendre un extracteur de jus et en misant sur l'aura que lui donne sa chemise à manches courtes et son badge : VENDEUR – STEVE. *Le contrat de confiance*, tu parles. Il n'a pas arrêté, ça a duré des mois, on se disputait tous les jours, même devant le petit, tout ça pour acheter le dessin d'un appartement. J'ai une tête à m'endetter jusqu'à la ménopause pour acheter un truc qui n'existe même pas encore ? Steve était bien conscient qu'à lui seul aucune banque n'accorderait de crédit, tout vendeur qu'il est, avec son fixe de 1 470 euros net et sa chemise froissée.

Finalement, les lots d'appartements ont été vendus un par un. Du studio au F5 duplex. Ceux avec les loggias, je ne vous en parle même pas, ils sont partis comme des petits pains.

S'il m'en a voulu ?

Je dirais même qu'il me l'a fait payer cash. Sans emprunt. Et l'addition est salée. *La cuenta es cara.*

Pour revenir à mes histoires de statistiques, un mariage sur deux se termine par un divorce, là, je ne vous apprends rien. Mais savez-vous que dans 75 % des cas, ce sont des femmes qui demandent le divorce ?! Et la principale cause est loin d'être renversante : c'est parce que les femmes sont exténuées.

6.

Ma voisine Rita écoute le prêche du dimanche matin.

Elle suit la messe retransmise à la télévision publique avec le volume à fond, si bien que je me demande si ça s'inscrit dans le cadre d'une tentative de conversion forcée. Parce qu'évidemment les murs sont fins, j'entends tout, et j'apprends des choses sur la vie alors que je n'ai rien demandé.

Le prêtre cumule les fausses notes en chantant les louanges de Dieu mais personne ne lui en veut pour ça. Pas nécessaire de faire les harmonies de Mariah Carey pour officier apparemment. Sans vouloir créer de compétition inutile, si on joue à *The Voice Religion*, à coup sûr, c'est l'imam qui gagne. Et je le répète, loin de moi l'idée de lancer la saison 2 des Croisades. Mais vocalement, on est largement au-dessus. Bon OK, le prêtre de France 2 n'est pas si nul, et puis la moindre des choses, c'est d'être indulgente avec quelqu'un qui prône l'amour et le pardon.

Quand j'ai un service à demander à Rita, je choisis systématiquement le dimanche midi, juste après l'émission. C'est le moment où son cœur est le plus enclin à faire le bien d'après ce que j'ai retenu du dernier office enregistré à Saint-Gilles du Gard. Par exemple, si je dois lui confier le petit pendant une heure, elle n'aura pas l'impression de faire un sacrifice énorme comparé au chemin de croix.

J'adore Rita. Nos conversations sont épatantes. J'ai déjà eu à lui expliquer au premier degré que savoir fabriquer des explosifs n'est pas une compétence requise pour devenir musulman. Quant à elle, son objectif ultime est de me sortir une fois pour toutes de ma confusion sur la Trinité. Pas si simple pour moi de comprendre l'histoire du Père, du Fils et du Saint-Esprit. Pas seulement parce que ça ne fait pas partie de mes croyances, mais sincèrement parce que j'y pige que dalle. Faut dire que dans mon équipe de Ligue 1, on peut difficilement faire plus direct, un Dieu unique qu'on adore seul et sans associé, point final. C'est à lui qu'on s'adresse et on sait tous qu'il fait une carrière solo. « Si vous priez Jésus, vous pensez que c'est lui votre Dieu ? Non ? D'accord... Donc Dieu, c'est Dieu... Mais alors si vous dites que Jésus est le fils de Dieu, pourquoi c'est lui votre Seigneur ? Pourquoi ne pas s'adresser directement à Dieu en personne ? Prenons un exemple terrestre, si par exemple, j'ai le numéro du patron, pourquoi appeler la secrétaire... »

Rita a envie de me baffer sans faire de mauvaise blague sur le fait de tendre l'autre joue. La religion catholique et les maths me font le même effet, j'ai hyper envie de comprendre, je suis respectueuse, mais incapable de saisir la complexité des théorèmes.

Je crois qu'il est enfin temps de faire une parenthèse sur Pythagore. Toute personne scolarisée apprend dès l'âge de 13 ans que si un triangle est rectangle, le carré de la longueur de l'hypoténuse est égal à la somme des carrés des longueurs des deux autres côtés. On sait ça par cœur, on s'en souvient encore n'est-ce pas ? ET ALORS ??? À QUOI ÇA SERT PUTAIN ????!!!! DITES-LE-MOI UNE BONNE FOIS POUR TOUTES !

Ça fait un bien fou d'écrire en majuscules pour expulser sa frustration et donner l'impression à celles et ceux qui me lisent que je suis tout bonnement en train de hurler alors que pas du tout. Je ne crains pas de l'affirmer : le roman est précurseur en matière d'effets spéciaux.

Et concernant ce salaud de Pythagore, j'avais besoin de me libérer et j'espère que ça a pu aider certains d'entre vous. Doria, pour vous servir, toujours partante pour briser les tabous.

En tout cas, Rita et moi, c'est vraiment la France qu'on aime. Pas grand-chose en commun, mais beaucoup à partager. Ma relation de bon voisinage avec cette femme blanche et maigre de 59 ans qui a vaincu deux cancers et a accouché sous x à 17 ans dans son village mérite qu'on s'y attarde.

C'est un petit phare dans la nuit noire. Une histoire qui réconcilie. C'est débile, comme de penser que réussir c'est devenir une bonne personne, et ça aussi je l'assume. Je cherche la réconciliation et l'harmonie. J'espère que c'est encore possible. Il y a des conversations que nous devons absolument avoir ensemble pour continuer sinon ce sera kif kif hier, fini demain. Le réveil a été brutal. France 98 appartient à un lointain passé. Zizou président projeté en faisceaux lumineux sur l'Arc de Triomphe, quelquefois je crois l'avoir rêvé. J'en suis au moins à la dixième vidéo de clients noirs qu'on empêche d'entrer dans un restaurant pour dîner. Je ne suis pas une flèche en histoire-géo mais il me semble qu'on n'est pas dans le Mississippi en 1931. Et si les écoles se mettent à faire des signalements parce qu'un enfant a le malheur de dire *bismillah* avant de manger à la cantine, qu'une femme fait de la garde à vue, dénoncée par une voisine, pour avoir dit *Salam Aleykoum* en public et qu'on interdit aux filles de porter des robes longues au lycée, alors je n'ai rien pigé non plus à la laïcité. Tout ça se mélange dans ma tête et défile sur mes réseaux sociaux dans un flot violent et ininterrompu entre deux suggestions pour acheter de l'anticerne ou des éponges magiques. Merci de ne pas juger mes centres d'intérêts.

Pseudo : @dorialamalice. Abonnez-vous et likez les loulous. Ceci n'est pas un partenariat rémunéré.

J'y ai cru dur comme fer à cette histoire de liberté – égalité – fraternité, autant que Rita croit à ce que raconte son prêtre de la télévision.

La République est un bel idéal. On n'est pourtant pas si loin d'y arriver. Vous croyez qu'on peut vraiment *vivre ensemble* ? Ou est-ce que je me noie dans un déni ?

La trinité républicaine me plonge dans une confusion encore plus grande que la Trinité chrétienne.

7.

Je n'irai pas jusqu'à confirmer toutes les théories fumeuses d'Hamoudi. Exemple : je sais très bien que Barack Obama n'est pas un hologramme, même si je dois avouer que la thèse du cercueil vide de Michael Jackson m'a longtemps perturbée. Et tant qu'on ne m'apportera pas la preuve formelle de son décès, je continuerai de trouver plausible qu'on ait enterré à la place de son corps le 33 tours de *Thriller*.

Ces dernières années, Hamoudi a passé pas mal de temps à regarder des vidéos obscures sur YouTube. C'était prévisible. Ayant cumulé les déceptions, il est devenu le candidat idéal pour virer conspirationniste.

J'ai commencé à avoir des doutes quand, passé 2017, il a continué d'écouter de la musique funk et de porter son Levi's 501 acheté aux puces de Clignancourt en 95. Il s'entête aussi à mettre du gel fixation forte alors qu'il n'a plus assez de cheveux pour ça, et surtout, il ne lâche pas l'affaire avec la taille M malgré l'urgence évidente de passer au L. De plus, appeler sa conseillère Pôle Emploi par son prénom ne présage jamais rien de bon.

Hamoudi garde un certain charme mais physiquement, ce n'est plus ce que c'était, on ne va pas se mentir. Et depuis qu'il a troqué la poésie contre les méandres du web, hélas, on passe plus de temps à parler des francs-maçons et du vaccin anticovid qui aurait stérilisé la moitié du globe que d'Apollinaire ou de Rimbaud. Même si je n'ai plus les yeux de mes 15 ans pour le regarder, je l'aime toujours comme un frère. N'oubliez pas qu'il m'a connue alors que j'étais « haute comme une barrette de shit ».

Parfois, tard le soir, il m'envoie des liens sur WhatsApp que j'ose à peine ouvrir. Souvent, ce sont des vidéos montées sur une musique angoissante, genre le thème principal du film *Requiem For a Dream*. Y a toujours un moment où ça zoome sur le billet de un dollar avec le fameux triangle des Illuminati, un œil au milieu et des flammes. Dans la dernière que j'ai reçue, une voix robotique analyse en russe la chorégraphie d'un clip de Rihanna censée prouver son allégeance à Satan.

La vérité, au début, je trouvais ça drôle. Imaginez ma surprise le jour où il m'a affirmé que Stevie Wonder faisait semblant d'être aveugle. Il m'a même montré des captures d'écran d'interviews qui prouvaient qu'il y voyait très bien et que la supercherie durait depuis plus de quarante ans. À la rigueur, pourquoi ne pas croire à cette thèse ? Bien que flemme de simuler une cécité pour vendre des albums.

Ensuite, Hamoudi a décidé de boycotter Coca-Cola. Une fois, il a retourné la bouteille pour me lire le logo à l'envers et d'après lui, c'était un blasphème en arabe. Je m'étais dit qu'après tout ça ne lui ferait pas de mal de dégonfler un peu son bidon en arrêtant les boissons gazeuses. Mais ça ne s'est pas arrêté là, il m'a fait le classique : « L'homme n'a jamais marché sur la lune. » Il prétend que c'est un film tourné par la NASA et le FBI sur un terrain vague du Colorado. La preuve : le drapeau américain qui flotte au vent alors qu'il n'y a pas d'atmosphère sur la lune. « Et puis si c'était vrai, pourquoi personne n'a jamais cherché à y retourner depuis ? Même pas Elon Musk ? Hein ? » Putain, mais c'est vrai ça… Personne n'y est jamais retourné depuis juillet 69 sur la lune ? Sérieux ? J'avoue, il m'a mis le doute.

C'est évident que depuis la rupture, ça n'a fait qu'empirer. Je crois bien que mon ami s'est noyé dans le complot pour oublier son chagrin. Ils ont pourtant eu de belles années avec Lila. C'était une famille recomposée comme dans les sitcoms. Hamoudi traitait la petite Sarah comme sa propre fille, on n'y voyait que du feu. Il la mettait sur ses épaules, lui a appris à faire ses lacets, des bulles de chewing-gum et du vélo à deux roues. Elle a même inventé pour lui la fête des Beaux-Pères dans le calendrier.

Première quinzaine de juillet, ils partaient tous les trois au camping Belle Rive Montfrin à Beaucaire en Provence, bien classé sur la liste des partenaires vacances CAF.

Hamoudi a appris à cuisiner et à rester cool même s'il n'appréciait guère que sa compagne porte des bikinis échancrés et qu'elle fume des cigarettes mentholées encore autorisées à la vente à cette époque-là.

La jalousie l'a frappé en même temps que l'amour et il a pensé bêtement que c'était lié. Toutefois, la plupart du temps, il se la bouclait, contenant ses élans de contrôle et ravalant sa bile. Il enfouissait tout à l'intérieur, directement dans le plexus, comme on fourre une dinde à Thanksgiving. Jamais assisté à ça en vrai, mais c'est tout comme ; avec tous les téléfilms américains que je me suis enfilés les dimanches après-midi, on peut dire que je suis passée experte en *turkey*. C'est le mot américain pour dire dinde et, d'après Wikipédia, ça viendrait de l'expression « poule de Turquie ». Ne me remerciez pas de vous aider à étoffer votre culture générale les amis. Y a pas de quoi.

Si par malheur une remarque échappait à Hamoudi, le regard furax de Lila le ramenait vite à la réalité et il se rattrapait illico, faisant passer ça pour de l'humour. Même si ce n'est pas si facile de revenir en arrière après avoir balancé : « Elle est trop courte ta jupe, tu vas pas sortir comme ça quand même ? » Il essayait de s'en tirer avec le fameux : « naaaaan, j'rigole ». On connaît par cœur ce tour de passe-passe et on apprécie moyennement car on le sait, cette ligne de défense est tout bonnement mensongère. En plus, c'est sûr qu'Hamoudi joue mal la comédie en temps de mauvaise foi. Je ne suis pas directrice de l'Actors Studio mais à votre place, je ne parierais pas mon compte épargne sur lui pour le prochain oscar.

En tout cas, ses pirouettes maladroites suffisaient à sauver la situation. Il savait qu'il avait plutôt intérêt à refouler sa mentalité de vieux Sicilien s'il voulait garder la femme de sa vie, *la donna della sua vita*. Pas mal non plus de passer à l'italien quand il s'agit d'amour, *di amore*.

La première fois qu'Hamoudi est allé chez elle et qu'il a vu des albums des Pink Floyd et de Nirvana posés sur une étagère entre *Notre bien-aimé prophète* et *La Vie sans gluten*, son cerveau a créé un court-circuit dans la zone du lobe frontal. Il a compris que ce serait différent cette fois-ci. Il faisait face à une Algérienne qui avait tous les atours d'une babtou. Pas coutumier de tant de complexité le pauvre garçon. D'habitude, à ce genre de filles un peu loufoques, il se contentait d'envoyer des sms à 1 h 30 du matin (tu dors ?) mais il ne les épousait pas.

Rappelez-vous ce qui est arrivé à Michael Corleone dans *Le Parrain*. Le Don a tout gâché avec Kay, sa blanche colombe protestante qu'il n'a pas suffisamment protégée de sa famille et accessoirement de la pègre. Leur divorce, c'est l'échec du métissage en quelque sorte. Et pour être honnête, il serait peut-être enfin temps d'admettre qu'on la déteste cette petite bourge insipide avec son regard niais et ses grands chapeaux qui fait sacrément tache au milieu du charisme général. Et quitte à jeter un pavé dans la mare, allons jusqu'au bout : on aurait préféré que ce soit Kay qui y passe plutôt qu'Apollonia, la fiancée rencontrée au bled, à Corleone, dont on a tous regretté la mort tragique dans la fameuse explosion à la voiture piégée. Quelle tristesse. J'en chiale chaque fois que je me refais la scène. Mais passons, on s'écarte du sujet.

La mère d'Hamoudi qui n'aimait ni Lila, ni ses tatouages, estimait que son fils méritait mieux qu'une femme divorcée avec un enfant. Au début, ça a été une sacrée histoire qui a bien failli venir à bout du couple star de la cité. Mon copain Hamoudi avait le cul entre deux chaises, ou plutôt la chaise entre deux culs. Faut croire qu'il a choisi celui de Lila. Tous les deux ont réussi à passer outre les remarques désobligeantes de la belle-mère aux doigts huileux, alias *Gold Fingers*, surnommée ainsi parce qu'elle était chargée de déchirer le poulet au safran de ses propres mains à tous les mariages. À ce propos, ce que j'ai pris pour du safran pendant des années n'est autre qu'un vulgaire colorant alimentaire de piètre qualité. Sur la boîte, il est inscrit : « une touche de soleil dans vos plats ». Tu parles. Encore une manœuvre pour détruire la communauté nord-africaine de France. Après, on se demande pourquoi on a des cancers de la rate à 49 ans mais bref, restons concentrés.

Malgré tout, on peut dire qu'entre les deux tourtereaux ça roulait, tout comme les joints qu'Hamoudi avait promis d'arrêter. Il n'était pas capable de garder un boulot stable et comptait un peu trop sur Lila pour la logistique et les responsabilités d'adultes.

C'était au début des années 2010, on n'avait pas encore entendu parler de charge mentale mais étonnamment, on savait déjà toutes instinctivement ce que ça signifiait sans qu'on ait eu à nous l'expliquer.

Lila n'avait de cesse de lui répéter : « J'ai déjà un enfant à éduquer, j'ai pas le temps pour un deuxième, grandis un peu ! »

Hamoudi, lui, a répondu un jour la phrase de trop : « Je t'ai acceptée comme t'es, avec ta fille et ton passé, tu dois aussi m'accepter comme je suis, avec ma vie et mes joints. »

Bye Bye Hamoudi Corleone. *Arrivederci.*

Depuis, Lila est retournée à Toulouse avec Sarah, qui est devenue une brillante jeune femme de 24 ans. Aux dernières nouvelles, elle sortait de l'École de création visuelle et espérait se spécialiser dans l'animation 3D. C'est la classe. Ça fait drôle quand je pense que je m'en suis occupée quand elle était gamine.

Hâte de m'approprier une partie de son succès Inch'Allah.

Toujours pas pensé à vérifier si mentionner Allah sans permission officielle posait un problème en France en 2024. Checker le site du Conseil constitutionnel pour plus d'informations.

De temps en temps, je reçois un message évasif et courtois de Lila pour me raconter ce qu'elles deviennent. Je crois qu'elle ne veut pas m'effacer complètement de sa vie mais qu'elle se garde de me donner les détails. Je sais qu'elle tient à moi, mais je sais aussi qu'elle me met dans le même sac que le type qui a signé la fin de son idéalisme.

Lila a fait une croix sur les hommes. Elle les déteste. Fini les tests dans les magazines féminins : « Comment savoir s'il est amoureux ? », fini les épilations du maillot à la cire chez Body Minute et fini les régimes stricts, vive les poils et l'huile de palme.

Lila a juré qu'elle ne ferait plus rien pour eux.

Adios les papillons dans le ventre. Qu'on se le dise une fois pour toutes, ressentir ce truc qui vous donne l'impression que des putains d'insectes se baladent dans votre estomac, ce n'est pas mignon et ça ne signifie pas nécessairement que vous êtes dans le *love* mais peut-être bien que vous avez des ennuis digestifs et qu'il est temps de consulter. Ou encore que cette excitation que vous ressentez n'est pas de l'amour, mais plutôt de la peur. Votre corps vous informe possiblement que vous foncez dans le mur. En médecine chinoise, les papillons dans le ventre, ça signifie que ça va être la merde, *la mierda*, si si, renseignez-vous, notre corps nous parle. J'ai enfin compris mes kératites à répétition à l'œil gauche, mais ça, c'est une autre histoire.

De mon côté, je n'ai pas la haine contre les hommes. Je parlerais plutôt de désintérêt. Ils ont simplement perdu mon attention, comme quand on décroche à la vingt-sixième minute d'un film qui s'essouffle. Une grosse fatigue. Une sensation de lourdeur. Voilà mon sentiment : quand je pense aux hommes me vient une énorme paresse. Je me dis juste : un homme ? La flemme.

J'ai définitivement perdu le courage de surmonter ça de nouveau.

Sans être particulièrement militante ou animée par un esprit de vengeance, force est de constater que même lorsqu'ils ne sont pas dangereux, ils sont majoritairement égoïstes et/ou orgueilleux. Dans le pire des cas, ils nous tuent, et dans le meilleur, ils nous prennent tout notre temps en s'imaginant que nous n'avons rien de mieux à faire qu'être en leur compagnie.

8.

C'est fou comme on met du temps à séparer l'amour de l'idée qu'on en avait.

Pour moi, l'amour, c'était ce qui faisait courir Caroline Ingalls dans la série *La Petite Maison dans la prairie* alors qu'elle allait à la rencontre de son mari Charles.

Chaque fois qu'il rentrait à Walnut Grove, son baluchon sur le dos, elle lui faisait la fête, exactement comme le labrador de ma voisine Rita quand il l'accueille à son retour du marché le samedi matin. Le père Ingalls effectuait des espèces de missions intérim dans le chemin de fer et devait donc, à contrecœur, quitter sa famille plusieurs semaines pour sillonner le Minnesota. Lorsqu'il rentrait à la baraque, après une longue absence, sa femme courait et se jetait dans ses bras, folle de joie. Pas une suspicion. Pas un reproche. Difficile à expliquer mais leurs retrouvailles me bouleversaient chaque fois de la même façon. Ma vision de l'amour, va savoir pourquoi, c'était ça : Caroline abandonnant ses filles, ses poules, son linge et se précipitant sur Charles pour l'enlacer tendrement quand il revenait à la maison après un dur labeur.

Je n'ai jamais couru pour accueillir qui que ce soit à la porte de chez moi. D'abord parce que je n'ai jamais habité un appartement suffisamment grand pour me le permettre. Ensuite, parce que aucun homme ayant franchi le seuil ne m'a jamais donné envie de courir pour lui sauter dans les bras. Et enfin, courir n'est pas mon point fort comme vous le savez désormais (cf. chapitre 1). Sans vouloir faire de psychologie de comptoir, ce n'est peut-être pas un hasard si je suis si faible en cardio. J'ai le cœur fragile.

Le premier garçon que j'ai cru aimer s'appelait Nabil.

D'ailleurs, il s'appelle toujours Nabil à l'heure actuelle. Désolée, je n'aurais pas dû utiliser l'imparfait mais je vous rassure, il est bel et bien en vie. Par pitié, n'allez pas vous imaginer une issue tragique à cette histoire en vous empressant de mettre un post : *RIP Nabil*, agrémenté de l'emoji colombe qui s'envole. D'ailleurs, parlons-en de ce fléau. Chaque fois que quelqu'un de connu décède, il y a toujours une flopée de gens sur les réseaux sociaux pour en profiter. Je ne comprends pas ce qui les conduit à voir dans la mort d'autrui une occasion d'exister et de tout ramener à soi. Avoir croisé la personne disparue deux secondes par accident ne suffit pas à s'inventer un lien avec elle. C'est tellement embarrassant. Bref, si ça vous concerne, arrêtez s'il vous plaît. On ne veut plus voir vos selfies avec des chanteurs morts.

Au risque de vous décevoir concernant Nabil, notre histoire n'a pas tenu ses promesses, on était loin de Roméo et Juliette.

Il est clair que ce n'est pas le genre de mec à se suicider pour une femme, pas même en ingérant du poison, malgré une résistance physique évidente due à sa consommation répétée de harissa.

Avant qu'il devienne mon premier copain, je le surnommais Nabil le Nul. Bon OK, je rembobine.

J'ai 15 ans. Il en a 16. Nous vivons dans le même quartier à Livry-Gargan et nos mères se connaissent un peu. La sienne se vante de l'intelligence supérieure de son fils aîné auprès de la mienne, qui ne peut malheureusement pas en dire autant, ni pour l'intelligence, ni pour le fils. Pour accentuer la suprématie de son prodige, la mère offensante mais généreuse propose les services de Nabil afin qu'il m'aide à faire remonter mes notes. C'est ainsi qu'il se retrouve à venir chez moi m'assister dans mes devoirs au moins une fois par semaine. Il faut bien avouer qu'à l'époque je ne suis pas le couteau le plus aiguisé du tiroir. Je rame, je pagaie, je fais de l'aviron, dans quasiment toutes les matières. Disons-le clairement : je suis en échec scolaire.

J'ai dû faire prématurément le deuil de ce rêve de remise des diplômes façon Harvard, dans lequel après avoir prononcé un discours inspirant et plein d'émotion, je jette en l'air mon chapeau d'étudiante face à des camarades euphoriques qui célèbrent mon succès. Inutile de me juger mais j'ai sincèrement cru que ça se passerait comme ça à l'obtention de mon brevet des collèges. Je croyais aussi qu'au lycée, j'aurais un casier et un Hoody avec le logo de mon établissement cousu dessus. Passer de ce *fucking American Dream* à un CAP coiffure a été brutal.

Pour les plus jeunes d'entre vous, je tiens à préciser que, en 2004, le système scolaire était un peu plus exigeant qu'aujourd'hui. On nous faisait redoubler pour trois fautes d'orthographe et deux notes sous la moyenne. Il n'y avait que deux options possibles. La A : avoir son bac et choisir un métier qui offre des débouchés, et la B : finir toxicomane, borgne et sans domicile fixe. Je vous jure sur mon scalp que j'ai entendu un jour une prof demander à un élève : « Tu veux finir clochard, Abdel, c'est ça que tu veux ? » Comme vous l'aurez sans doute remarqué, j'ai souligné le mot : débouchés. Choisir une filière avec des débouchés était une obsession dans les années 90-2000. Et si le champ lexical de la plomberie était employé pour envisager notre avenir, ça signifiait pour nous, enfants de pauvres, qu'il fallait à tout prix se diriger vers des études qui nous offraient la certitude de trouver un travail à l'arrivée. Eh oui, vous ne rêvez pas, on croyait encore à la certitude de trouver un travail !

Hahahahahahahahahahahaha.

Belle illustration de naïveté.

Ça a conduit pas mal d'entre nous à avoir un badge et un treizième mois, et à confondre ça avec le bonheur. Il n'a jamais été question de choisir un métier qui nous plairait. Ne vous moquez pas mais j'ai découvert l'existence de certaines professions à mes 32 ans révolus.

Pas la peine de me dire que j'exagère. J'ai quitté cette machine à broyer qu'on appelle « l'école » il y a plus de quinze ans et je suis toujours en état de stress post traumatique. Incapable de savoir combien de temps il va encore me falloir pour consoler mon enfant intérieur.

ÉCHEC SCOLAIRE. Je décide de l'écrire en majuscules pour vous faire prendre conscience de la violence des mots qui ont été posés sur ma petite tête, sans vouloir m'apitoyer sur mon sort.

Bref, rude année après le départ de mon père. Je dois avouer que Nabil m'a beaucoup aidée à prendre confiance en mes capacités. Il m'a fait progresser, et j'avais enfin quelqu'un à qui parler en dehors de Mme Burlaud, la psychologue qu'on m'envoyait consulter une fois par semaine. Ah, la thérapie. J'y reviendrai.

En tout cas, petit à petit, j'ai fait tomber mes défenses avec Nabil, parce qu'au début, souvenez-vous, je ne pouvais pas l'encadrer. Déjà qu'il avait la réputation d'être un bouffon au collège. Alors c'est vrai, je ne peux pas dire non plus que je faisais partie des filles les plus populaires, mais Nabil, c'était pire. Et ça se comprend, il était insupportable. D'une arrogance ! Le seul élève connu pour demander des exercices supplémentaires aux profs. Il était bien parti pour devenir porte-parole d'un gouvernement de droite mais le destin en a décidé autrement.

Parfois, il nous apportait une assiette de couscous au poisson préparé par son père. Oui, PAR SON PÈRE. Comme si ça ne suffisait pas d'avoir une mère qui sait parler un français impeccable, il fallait aussi avoir un père qui cuisine ?! Toujours à se la jouer ceux-là. Qu'est-ce qu'ils cherchaient à faire ? Nous ridiculiser ? Je ne me rappelle pas avoir vu mon paternel entrer dans cette pièce de l'appartement : la cuisine. Il a sûrement cru toutes ces années que c'était la chambre de ma mère.

Lui, si j'essaie de l'imaginer devant une gazinière, je vous jure que mon cerveau refuse de collaborer, et pourtant, vous me connaissez, d'habitude lorsqu'il s'agit d'imaginer des trucs farfelus, je ne suis pas la dernière. Bref. On parlera de mon daron plus tard. Vaste sujet.

En tout cas, que ce soit le père aux fourneaux ou la mère dans la langue de Molière, ce n'était pas une famille habituelle. La vérité, le couscous du père de Nabil était délicieux, même si, je n'en démords pas, un poisson n'a rien à faire allongé sur de la semoule ! Et puis, expliquez-moi pourquoi chez ces gens-là, il faut que ça pique autant ?! Quel est l'objectif final avec toute cette harissa ? Brûler Babylone ? Comme dans les chansons de dancehall ? Je me suis souvent demandé ce qui se passerait si je frottais entre eux les membres de la famille de Nabil. Un peu comme l'homme préhistorique quand il a frotté pour la première fois un silex à un minerai de fer et qu'une étincelle est apparue sous ses yeux ébahis. Vu la quantité de harissa qu'ils consomment, ça prendrait sûrement feu et ça créerait un immense incendie difficile à maîtriser. Je rappelle que la harissa est un produit inflammable et que dans certains pays, elle est même interdite à la vente voire considérée comme une arme de catégorie 4. Bref, je ne suis pas là pour homologuer l'artillerie tunisienne.

En tout cas, il m'a eue à l'usure.

D'abord, je me suis mise à rire à ses blagues, alors qu'elles étaient plutôt moyennes. Ensuite, je me suis rendu compte de ce reflexe que j'avais de me regarder dans le miroir juste avant de lui ouvrir la porte. Et enfin, l'espèce d'impatience que je ressentais à le voir revenir à la maison chaque fois, ça ne trompait pas.

Je dirais qu'il a réussi à me séduire à petit feu (cf. harissa).

Je vais maintenant devoir revenir sur un épisode problématique qui s'est produit entre Nabil et moi il y a vingt ans.

Sachez que je suis partante pour tout type de débat à propos de ce qu'on appelle la *cancel culture* mais là, je suis concernée personnellement, donc confuse.

J'avais évoqué le début de notre amourette, avec toute la mignonnerie qu'on pouvait y mettre, mais hélas, ce que je prenais pour un premier baiser innocent était en réalité une AGRESSION SEXUELLE. Ça me fait mal mais je dois bien l'admettre.

J'ai pris soin de vérifier la définition sur Google. Tenez-vous bien : au regard du droit français, bah oui voyons, je n'allais tout de même pas consulter le code civil afghan dans cette situation, donc je disais, au regard du droit français, le « baiser » commis par l'usage de la violence, contrainte, menace ou *surprise*, est une agression sexuelle.

Voilà, le mot est lâché. J'ai été agressée. Je n'ai en aucun cas donné mon consentement. Il ne m'a rien demandé.

Dégoûtée d'avoir contribué à la culture du viol malgré moi. Revenons sur les faits.

Je me souviens très bien que je ne m'y attendais pas. On était dans mon salon, et on mangeait des biscuits apéritifs salés. Moi, j'étais concentrée là-dessus car il était en bonne voie pour dégommer mon paquet. Je me rappelle clairement avoir pensé : « J'espère qu'il va en laisser un peu, pour une fois que j'ai des crackers de marque. » Je cite la marque en cas de proposition de partenariat rémunéré : des Chipsters. Pour rappel mon compte Insta : @dorialamalice.

Ensuite, je l'ai accompagné à la porte car c'est une chose qu'on fait lorsqu'on est une fille bien élevée. Et puis, malgré mon aversion des débuts, je dois dire que j'ai fini par éprouver de la gratitude envers lui et par me sentir redevable. Après tout, il donnait de son temps pour m'aider dans mes devoirs.

Sur le seuil, alors que je m'apprêtais à lui dire : « Salut, à la prochaine ! » comme j'avais pour habitude de le faire, et juste avant de s'en aller, il a fait un perfide demi-tour sur lui-même pour coller sa bouche contre la mienne. Le plus marquant, c'est que ses lèvres étaient hyper gercées. C'est déjà assez choquant de subir une agression à 15 ans pour son premier baiser (est-ce que je peux encore appeler ça un premier baiser ?) mais en plus, la bouche de Nabil avait la même douceur que la pierre ponce de ma mère, celle qu'elle emporte au hammam de Drancy pour éliminer la corne de ses grands pieds.

Pour être honnête, même si je n'ai pas mesuré la gravité du geste, et l'importance de donner mon accord, au fond de moi, je sais que je ne l'ai pas bien vécu à l'époque. Je me rappelle avoir trouvé ça répugnant et avoir eu honte d'en parler. J'avais même avalé un grand verre de sirop de menthe pour enlever le goût de Nabil.

Assez rude de convoquer ce qui est censé être un souvenir mignon d'un point de vue antisexiste. J'en ai gommé l'aspect contrariant et nous avons continué à nous fréquenter quelques semaines sans jamais mentionner cet épisode.

Après les faits, on est même sortis ensemble au cinéma pour aller voir *Harry Potter et le prisonnier d'Azkaban*. Ça remonte à loin, Daniel Radcliffe n'avait toujours pas mué. D'ailleurs, c'est Nabil qui avait choisi le film, sans me demander mon avis, une fois encore. Ne pas consulter l'autre, c'était sa spécialité quand j'y repense.

En sortant de la salle, il a dit que l'adaptation était nulle et qu'il avait préféré le bouquin. Je l'avais trouvé rude parce que moi, ça m'avait beaucoup plu. Et de toute façon, je n'avais pas lu le livre, donc je n'étais pas vraiment armée pour faire une étude comparée. Heureusement, nous n'avions pas payé les billets, ils nous avaient été offerts par le service jeunesse de la Ville.

À l'époque, c'était encore possible de gratter la mairie pour avoir des trucs à l'œil. Quand on réussissait à obtenir un passeport loisirs ou à s'inscrire pour une *journée plage en Normandie*, c'était mieux que de décrocher le gros lot. On se prenait pour des parrains de la Cosa Nostra. Et ceci, pour la simple et bonne raison qu'on ignorait encore ce qu'était un détournement de fonds publics. Certains cravatés se gavaient sur notre dos en toute impunité. Nous, on ne le savait pas mais ce qu'on mangeait, c'étaient des petites miettes, comme les moineaux. Ce qu'on ne dit pas suffisamment, c'est que pour les moineaux, quelques miettes, parfois, ça représente un sacré festin.

Bref, pas là pour être nostalgique des mairies communistes, même s'il y avait du bon.

Ça ne m'arrivait pas si souvent de me balader hors de la cité et encore moins de marcher à côté d'un garçon dans un cadre illégal, c'est-à-dire hors mariage. Ça m'avait fait me sentir un peu adulte dans le bon sens du terme, enfin je veux dire pour quelque chose de léger. Parce que me sentir adulte dans le sens « problèmes d'adultes », ça je connaissais déjà, merci.

En reprenant le chemin de la maison, Nabil m'avait balancé froidement : « désolé, elle est moite » avant de me lâcher la main sans la moindre délicatesse. Très fort en maths et en histoire, mais bof bof quand il s'agit de galanterie.

On s'apprêtait à remonter dans le 234 qui était blindé, comme toujours. Rien de pire que de se relever d'une humiliation à l'heure de pointe. Quelle audace quand même ! Moi, tout l'après-midi, j'ai carrément eu l'impression de tenir le tentacule visqueux d'une pieuvre et j'ai eu la décence de ne rien lui dire pour ne pas l'offenser. Comme si j'étais programmée génétiquement pour éviter de froisser son orgueil masculin. C'est dingue quand j'y repense. Et c'est bien Nabil qui avait les mains moites ! Je vous le jure sur ce que j'ai de plus précieux : c'est-à-dire mon fils et ma culotte ventre plat Dim. Veuillez envoyer un message privé si intéressé pour une collab', mon *avant/après* est bluffant.

Ce jour-là, au lieu de me taire, de remettre ma main dans ma poche et de coller mon front à la vitre du bus en prenant un air mélancolique, j'aurais dû lui en mettre une et lui dire devant tout le monde : « C'est toi qui as les mains poisseuses à force de manger du couscous au poisson ! »

Ça craint de ne pas faire mieux que cette phrase après vingt piges à ressasser une scène en pensant à ce qu'on aurait dû répondre. Même dans mon imagination, je n'ai aucune repartie.

J'ai sûrement quelque chose de déréglé niveau sentimental. Adolescente, je rêvais trop devant la télévision et son lot de séries américaines pleines de White Anglo-Saxon Protestants. Expliquez-moi ce que ma vie avait à voir avec celle de Brenda de *Beverly Hills*. LOL. L'écart avec la réalité était sûrement impossible à surmonter.

Je ne sais pas ce qui m'a fait accepter une telle conduite. À la fin de l'année scolaire, Nabil ne m'a plus adressé la parole. Quand je le croisais, il détournait le regard. Finies nos conversations, finie l'aide aux devoirs et bien sûr *terminado le couscous à la Petite Sirène*. Malgré cette immense déception, j'ai continué quelques temps de dessiner un cœur sur le point du i de Nabil dans mon journal intime. Je l'ai gardé, mon petit carnet rose bonbon, et si vous voulez tout savoir, en le parcourant adulte, j'y ai trouvé des phrases assez frappantes, telles que : « Je ne le trouve pas beau, mais c'est pas grave, tout le monde a droit à sa chance. » Ou encore : « Ça fait quand même plaisir qu'un garçon s'intéresse à moi, même mon père ne s'est jamais intéressé à moi. »

La relecture du passé avec les yeux du présent n'est pas une mince affaire. Ça me rappelle ma première paire de lunettes. Si personne ne s'était aperçu que j'étais myope, j'aurais continué à trouver le monde flou tout à fait acceptable.

9.

Quelques commerces méritants résistent à l'invasion *boboïde*. J'aimerais bien savoir comment ils survivent en vendant du manioc, des bananes plantains, des cartes téléphoniques prépayées, des packs de lait et des flashs de vodka Poliakov. Peut-être en restant ouverts 7 jours sur 7 et 24 heures sur 24 ?

Vous reconnaîtrez facilement ce genre d'enseignes, c'est souvent un nom en cinghalais accolé à celui d'un opérateur qui propose des appels à l'international, par exemple : Muralidharan Vimukhti Lyca Mobile. Ça vous paraît peut-être imprononçable à vous, Français, mais arrêtez d'imaginer que vous êtes la norme. Le monde est vaste si on veut bien quitter Paris et sa région. Pour des millions de gens, c'est vous qui avez un nom à coucher dehors. Promenez-vous dans la rue au Sri Lanka et déclinez votre identité, vous verrez bien qu'après avoir dit : « Je m'appelle François-Xavier Dupont », vous n'êtes pas à l'abri de déclencher un fou rire général.

Plutôt anglophones qu'experts en langue de Molière, j'ignore comment ils gèrent leur clientèle, surtout nocturne. Y a de plus en plus de toxicomanes qui rôdent et que le manque peut rendre agressifs. Hamoudi m'a raconté qu'une fois il a vu l'épicier de la gare dégainer une machette de sous son comptoir pour faire fuir les zombies et que la scène était digne d'un jeu vidéo en réalité virtuelle. Faut savoir que toutes les histoires d'Hamoudi ressemblent à des débuts de faits divers et comme par hasard, il est toujours le seul témoin. Impossible de vérifier s'il dit vrai. Je ne suis pas en train de le traiter de menteur, mais c'est trop tentant de se montrer méfiante avec un complotiste. C'est un peu le principe de l'arroseur arrosé.

Il faut dire que les petits commerçants sri lankais survivent aussi au manque de respect des petits de 15 ans qui les tutoient et leur parlent comme à des chiens. Combien de scènes de racisme ordinaire se jouent sans que personne réalise qu'on fait subir à ces gens ce qu'ont subi nos parents. C'est toujours le dernier arrivé qui ferme la porte on dirait. Je joue l'ancienne mais de mon temps, ça n'arrivait pas. J'ai déjà observé ce genre de comportement et j'ai même essayé d'intervenir sur le mode tata fâchée en pensant que ce serait efficace, mais ce que j'ai oublié c'est qu'on n'est plus en 1997. À cette époque, la mairie achetait la paix sociale en embauchant les grands de la cité pour faire la morale aux plus jeunes. Ces derniers acceptaient de se faire sermonner sans broncher. Ils se contentaient de baisser la tête, un peu embarrassés. Il y avait un respect des aînés, je ne vais pas faire un laïus sur le code de l'honneur mais bon, je sais ce que je dis, la jeunesse a perdu tous ses repères. Et à ceux qui me traiteront de décliniste ou de réactionnaire, eh bien *breaking news*, vous avez raison. Qui vous a fait croire que les Arabes de France étaient de gauche ? Encore une intox du Parti socialiste. LOL.

Retour en 97 et à ceux qui sont devenus « les grands frères » de tout le monde. On se souvient de leurs fameuses rondes dans le quartier, ils se promenaient affublés d'un tee-shirt jaune sur lequel était floqué le mot MÉDIATION. Il y avait aussi le blason de la ville en énorme sur le dos, blason que je vous invite à examiner de plus près d'ailleurs. Avec ça, je ne sais pas comment ils trouvaient encore le moyen de garder leur *street credibility*. Rouge, blanc, jaune, bleu, pour les couleurs, et pour les symboles, allez comprendre leur signification : une grappe de raisin, trois noisettes et deux pattes de poulet. On dirait la liste d'ingrédients demandés par Kaba le marabout à Gisèle la Rousse quand elle cherchait à ensorceler son mari. La Rousse, je précise qu'il n'y a aucun rapport avec les dictionnaires du même nom, c'est juste qu'elle est rousse et qu'on l'appelle comme ça pour la distinguer de l'autre Gisèle, la blonde. Le pire, c'est que le sort jeté par le marabout a dû fonctionner parce que le mari a fini par quitter sa maîtresse peu de temps après. Il est revenu, plus amoureux que jamais, vivre auprès de Gisèle, bâtiment H. AstarferAllah. La sorcellerie, c'est l'autoroute qui conduit tout droit en enfer, comme dans *Highway to Hell*, la chanson d'ACDC. Je vous le rappelle au cas où ça donnerait des idées à certains, sauf si vous avez envie de rejoindre la grande fiesta du Sheitan.

Bref, revenons à nos médiateurs. Sacrée équipe. C'était inédit de monter un groupe de repris de justice pour faire la loi.

Après tout, ce n'est pas si idiot que ça en a l'air. Ils savent parfaitement de quoi ils parlent puisqu'ils ont emprunté les sentiers de la délinquance. Qui de plus qualifié pour avertir les suivants de ne pas passer par le même chemin dans la randonnée de la vie ? Les grands frères étaient donc missionnés pour « parler aux jeunes ». Quelque temps après la réélection du maire et passé l'euphorie des mesures attractives pour conquérir la voix du peuple, *vox populi*, j'emploie le latin de nouveau pour marquer les esprits, hélas le contrat des *Affranchis du 93* a pris fin brutalement. À juste titre, ils se sont sentis trahis et utilisés, ce qui les a poussés à appliquer le contraire de tout ce qu'ils avaient prôné à leurs petits frères des semaines durant, c'est-à-dire : foutre la merde. À cette période, pas un événement n'était organisé par la municipalité sans qu'ils décident d'y prendre part pour faire du grabuge, dénoncer leur licenciement abusif et accessoirement traiter le maire de fils de pute en postillonnant dans le micro qu'ils arrachaient des mains d'un élu apeuré. Après quelques mois, ça a fini par se tasser. J'ai compris que ça s'était calmé le jour où j'ai vu le daron de l'un d'eux porter le fameux tee-shirt jaune avec le blason pour réparer sa Toyota sur le parking du marché.

La place des médiateurs étant restée vacante, d'autres groupes d'influence se sont organisés. Pas de tee-shirts jaunes cette fois, mais plutôt des *qamis* blancs, des AirMax et de longues barbes. Eux aussi étaient des grands frères qui allaient à leur tour « parler aux jeunes ». Mêmes méthodes, différents discours. Les bandes, issues d'une secte se réclamant de l'islam, étaient souvent composées de garçons fraîchement convertis, les plus motivés, mais aussi d'hommes plus âgés dont les confirmés avaient traîné leurs basques dans les Balkans ou en Afghanistan quelques années plus tôt. À l'affût du moindre djihad à mener comme une blogueuse mode guette les bonnes affaires sur Vinted, ils avaient ensuite décidé d'œuvrer sur le territoire national, au pays du fromage, de la baguette et de la blessure coloniale mal cicatrisée, j'ai nommé : la France. Persuadés qu'il y avait une clientèle à conquérir chez ces jeunes banlieusards discriminés, ils se sont lancés, armés de leur éloquence et de quelques versets du Coran appris par cœur mais sans cœur. Ils n'hésitaient pas à interrompre les matchs de foot de rue du samedi après-midi : « C'est l'heure du rappel les frères, le ballon attendra, et l'enfer lui aussi vous attendra si vous n'écoutez pas la parole sacrée. » Facile de toucher ces gamins qui n'aspiraient qu'à une fraternité qui leur manquait cruellement. Pour les commerciaux du djihad, c'était une petite mission en région en attendant une conquête plus passionnante, car Vaulx-en-Velin ou Grigny, c'est certain que c'est moins chevaleresque que Peshawar sur le CV d'un aspirant terroriste.

L'identité trouble de ces jeunes en faisait des cibles parfaites, il avait suffi de flatter leur besoin d'être quelqu'un. Ça me rappelle la morale de la fable *Le Corbeau et le Renard* : « Apprenez que tout flatteur vit aux dépens de celui qui l'écoute. » Je suis encore capable de la réciter par cœur, va savoir pourquoi. Mon esprit est si sélectif.

Les mamans étaient contentes de voir leurs fils à la mosquée plutôt que dans la rue, c'était réjouissant ce changement au début. Elles étaient surtout soulagées qu'ils ne basculent pas dans la drogue, l'ennemi numéro 1 en ce temps-là. Dans nos cités, on venait à peine de se relever d'une hécatombe causée par l'héroïne. Et puis, ces mêmes fils, dont les cervelles étaient en plein lavage et dont on avait commencé par louer le changement de comportement et le sérieux, ont commencé à remettre complètement en question l'éducation religieuse des parents. D'abord un détail, une tradition qui devient caduque, puis une autre et ensuite, c'est toute une façon de vivre qu'ils ne cautionnent plus. C'est surprenant quand ton gosse de 17 ans te dit droit dans les yeux : « Maman, tout ce que tu m'as appris sur Allah et son prophète, c'est n'importe quoi, t'as rien compris. » Faut se l'encaisser ça, surtout que tu trimes depuis ton arrivée en France, et que t'espères que lui s'en sortira mieux que toi grâce à tes sacrifices. Allah et son prophète, c'est tout ce qu'il te reste à toi, la seule chose en laquelle tu crois dans ce monde qui part complètement en vrille. Tu t'accroches à ton Coran et lui, il trouve que tu as les mains trop sales pour l'ouvrir. Tu croyais quand même avoir transmis les bases. Ce n'était peut-être pas assez. C'est comme pour la langue, tu pensais que ça ne le concernait pas, qu'il n'allait jamais vivre là-bas de toute façon. À présent, tu regrettes, tu te rends compte de tous les liens que tu as coupés sans t'en apercevoir. Tu pensais bien faire parce qu'on t'avait dit qu'il fallait s'intégrer. Au début, tu le trouvais joli ce mot : intégrer. Tu n'avais pas vraiment réfléchi à sa portée. Ça te faisait penser à : « incorporer les œufs à la farine et au sucre puis mélangez délicatement », dans les livres de recettes que tu recopiais soigneusement sur ton petit cahier alors que tu n'étais encore qu'une écolière.

Toi, la foi, tu l'as, la vraie, celle qui grandit dans l'épreuve. Quand le cancer a pris ton mari et que t'es restée là avec tes gosses sur les bras en regardant dans le vide sans savoir par où commencer, heureusement que tu t'es tournée vers

Dieu ! *Hamdoullillah*. Qu'est-ce que tu serais devenue sinon ? Ton aîné n'avait que 10 ans, il avait besoin d'une figure, c'est pour ça que tu ne t'es pas trop inquiétée quand il s'est pris d'affection pour eux. Dans le quartier, il y a d'autres jeunes qui sont pieux, ils ont grandi ici, tu connais leurs parents, ils font aussi la prière, au minimum le ramadan, et ils aident les voisines à porter leurs sacs. Des gamins bien éduqués, gentils. Mais ton fils, ce n'est pas eux qu'il a choisi de prendre pour mentors, il a préféré les autres, ceux qui ont su parler directement à sa révolte. Tu as vite compris ce qu'ils lui mettaient dans la tête et pourquoi toi, tu ne faisais plus le poids. Les remettre en question, eux et leur manière de faire, c'était comme remettre en question la parole de Dieu, rien que ça, c'est ce qu'ils lui ont fait croire. Alors lui, il avale leurs mots comme on boit de l'eau fraîche dans le désert et toi tu es devenue une entrave. Il te regarde avec rage, parfois pire, avec pitié, parce qu'à ses yeux, tu es une égarée en route pour le châtiment éternel, toi avec tes cheveux courts et ta tête nue. Pour lui, tu es une cause perdue.

La tournure que prend votre vie depuis son exclusion définitive du collège, c'est terrifiant. Ça ne tenait qu'à ça. Maintenant, il décroche les photos de famille du mur sans ta permission, il lève la voix sur toi et il t'interdit d'assister aux mariages mixtes parce qu'il refuse que tu danses devant des hommes. Il ne va pas tarder à faire pareil avec sa petite sœur même si tu fais de ton mieux pour l'en empêcher. Tout est devenu *haram*. Le voile, tu espères le porter un jour, ce sera par désir de te rapprocher de Dieu et pas parce que tu crains ton fils. Tu ne te souviens même pas de la dernière fois que tu l'as pris dans tes bras. Ton enfant te manque. L'odeur de lait dans son cou, la douceur de sa joue et le bonheur que c'était de le sentir contre toi quand tu l'allaitais la nuit. Avant, il était si joyeux. Tu t'accroches à des souvenirs anciens, on dirait que ça n'a jamais existé quand tu le regardes manger seul, la mine grise, en écoutant un cours avec ses écouteurs vissés aux oreilles, les sourcils froncés, assis à l'autre bout de la table. Finalement, c'est comme si ton fils était mort. Tu te dis que lui aussi tu l'as perdu, et celui-là que tu regardes en face de toi, c'est un inconnu.

On ne les voit plus marcher dans le quartier les hommes en blanc, ils se sont évaporés, peut-être qu'ils se font plus discrets. En tout cas, de nouveau, il n'y a plus personne pour emmener les petits frères.

Enfin, il reste ceux qui n'ont jamais cessé de le faire, embarquer nos petits frères. Je veux bien sûr parler des *cow-boys de la street*, j'ai nommé : les policiers de la Bac. Eux, ça fait des décennies qu'ils sévissent sans changer une méthode qui a fait ses preuves. Leur spécialité : avaler les jeunes, les avaler dans la nuit. Ils prennent nos garçons dans leurs voitures à l'allure furieuse, les conduisent dans des sous-sols crasseux, au son des sirènes ou dans un silence trop lourd.

Parfois, à la fin de l'obscurité, les garçons réapparaissent. Ils rentrent au quartier à pied et percent le petit matin de leur démarche vacillante. Ils ont hâte de se doucher et d'ôter leur jogging sale. Il arrive qu'ils aient l'arcade sourcilière éclatée, l'œil gonflé ou la lèvre en sang. Les derniers mètres sont les plus difficiles à parcourir, surtout qu'il faut à tout prix esquiver les tantes qui, elles, sont déjà levées et prêtes à prendre le premier bus pour aller faire les ménages dans des bureaux en ville. Chaque jour, elles partent par petites grappes pour nettoyer les lieux dans lesquels des décisions seront prises. Des décisions dont ni elles, ni leurs enfants, ne bénéficieront jamais.

À leur réveil, les garçons mentiront probablement sur ce qui s'est passé cette nuit-là. Ils ne diront pas qu'ils étaient en garde à vue. En attendant, ils renoncent à la douche, ça risque de réveiller les parents et les autres à la maison. Heureusement, il y a toujours une grande sœur, brave et responsable, qui reçoit le sms parce qu'elle a senti le téléphone vibrer sous l'oreiller. Elle accepte de sortir de son lit chaud pour ouvrir la porte sans faire de bruit. Elle chuchote et pose des questions, mais il n'y a jamais de réponse, ni de merci. La sœur retourne se coucher avec son bonnet de nuit en satin complètement de travers. Elle ne trouvera plus le sommeil jusqu'à la sonnerie du réveil de son Samsung Galaxie dans quarante-cinq minutes pour aller en cours. Elle espère devenir infirmière. S'occuper des autres, elle a l'habitude.

À présent, tout ce que veulent les garçons, c'est s'emmitoufler dans leur couette boulochée en espérant calmer leur seum, parce qu'ils n'ont rien fait, rien du tout, mais qui va les croire ? Impossible de desserrer les poings. À quoi bon protester ? Ils le savent, c'est inutile. Ce sera encore de l'énergie gaspillée et de la colère augmentée. Ils n'avaient rien à voir là-dedans, ils étaient juste là, avec les autres et on les a embarqués, c'est tout. Alors, ils essaient de relâcher les muscles, de détendre les trapèzes en espérant trouver enfin le sommeil. Ces petits-là se couchent sans aucune idée qu'ils ont des droits.

Ils se tournent du côté du mur pour dormir, par habitude. Cette nuit encore, il n'y aura pas de rêves dans le sommeil des petits frères dont la tête s'enfonce enfin dans le traversin creusé au milieu. Sous leurs fenêtres, des oiseaux perchés sur les arbres fraîchement élagués commencent à chanter et font ainsi commencer un monde auquel ces gamins ont renoncé à appartenir. Parfois, il arrive que les petits frères ne réapparaissent jamais, malgré le matin bien entamé, et qu'ils laissent les mères et les sœurs endeuillées et abasourdies pour toujours.

Revenons à ce jeune insolent qui a pris l'épicier sri lankais pour un moins-que-rien. Je me souviens de l'avoir déjà croisé, ce gosse, et je peux vous dire qu'il faisait moins le malin chez Monop' face à Charles, le videur canal historique d'origine togolaise, qui mesure dans les 14 mètres de haut et 12 de large. Évidemment que j'amplifie, mais c'est l'impression qu'il me fait, ça se voit que vous ne le connaissez pas. Si vous cherchez plus caricatural que lui en termes de videur, arrêtez les investigations. Charles, c'est le maximum qu'on puisse trouver. Disons qu'il n'a pas grand-chose en commun avec Maria Montessori sur le plan de la pédagogie. Lui, sa méthode est plus directe : mettre des tartes. Ça ne plaisante pas avec *tonton*, c'est son surnom, comme Mitterrand, ça ou *le colonel*, comme Kadhafi. Que des hommes de pouvoir intimidants. Normalement, j'ai un avis bien tranché sur l'emploi de la violence physique sur mineurs, et je suis consciente que ça peut choquer certains d'entre vous. Je ne dis pas que je suis pour, mais je dis simplement que Charles connaît son métier. Nous avons ici affaire à un professionnel, un ancien militaire qui chausse du 48 en pompes de Sécu et qui a, je cite : « vu trop de sang et enterré sa jeunesse dans l'armée du Togo de 87 à 93, sous le troisième mandat du président Eyadema ». Voilà, je pose ces informations délicatement ici, histoire que vous compreniez mieux pourquoi quand il s'agit d'autorité, je ne cherche pas à contredire tonton Charly. Vous l'aurez compris : il me fait peur. *Me orino en mis pantalones*. Comme vous venez de le constater, j'ai pris exceptionnellement des libertés avec la traduction.

De mon côté, j'ai choisi la manière douce, à savoir le dialogue. Considérant que c'est le meilleur outil pour éduquer un jeune homme un peu paumé, j'ai tenté de le reprendre sur sa façon de s'adresser au représentant Lyca Mobile France, lui rappelant gentiment qu'il se trouvait dans son commerce, qu'il n'avait pas son âge et que par conséquent, il lui devait le respect.

Le petit, avec son tas de boucles mal décolorées et son petit duvet, m'a à peine regardée et m'a répondu : « Ferme ta gueule toi, t'es pas ma mère. » Ensuite, il a attrapé son sac d'achats et a quitté la boutique, nous laissant pantois, l'épicier et moi. Que voulez-vous que j'ajoute ? L'anecdote parle d'elle-même. Sans compter qu'il a choisi de me dire : « t'es pas ma mère », et non : « t'es pas ma sœur », ce qui m'aurait impactée moins violemment. Dès demain, je fonce chez Action acheter une crème antirides dont on vante les mérites sur TikTok. Je n'ai pas dit mon dernier mot. Contrairement à Charles, je ne suis pas prête à enterrer ma jeunesse. Je refuse de me laisser aller surtout maintenant que je suis à nouveau *célib' à terre*.

L'humour : 2 – Doria : 0

Au-delà des tensions auxquelles font face ces commerces de proximité, je me demande simplement comment ils survivent à l'hiver. J'ai remarqué que leurs boutiques ne sont jamais chauffées. À partir de novembre, ils se contentent d'enfiler un bonnet et d'allumer de l'encens parfumé à la cannelle et à la fleur d'oranger.

Ce Sriyani Tharupiyum Lyca Mobile a remplacé l'épicerie du quartier où j'ai grandi à Livry-Gargan. Je n'aurais jamais imaginé que le Sidi Mohamed Market de la cité du Paradis allait disparaître. Je comprends ce que ressentent les anciens clients des boucheries chevalines qui ont laissé place à des boucheries halal proposant aussi bien de la chorba lyophilisée que des boissons gazeuses orange fluo ou de l'agneau avec en guise de déco une guirlande de coriandre et des posters de La Mecque. Mettez-vous un peu à leur place, ils avaient coutume d'acheter 400 grammes de steak de tiercé quinté + et soudainement se retrouvent à craquer sur la promotion boules de mouton du vendredi. Je ne suis pas là pour mettre de l'huile sur le feu mais à force de parler de grand remplacement, on finit par en oublier les petits remplacements ordinaires dont sont victimes de braves épiciers marocains comme Aziz. Évincé de la carte par des mecs qui parlent anglais. Les dégâts de la mondialisation. La dernière fois, j'étais chez ma mère à Livry et elle a eu très mal à la dent. Situation préoccupante mais pas urgente. Plutôt que de l'emmener à l'hôpital le plus proche, à 88 kilomètres de son domicile, oui j'exagère, mais de nouveau je vous demande de respecter mon ressenti, je décide de descendre chez le Sri

Lankais pour lui acheter des clous de girofle afin de la soigner de manière naturelle en lui préparant une concoction dont j'ai le secret. Ce remède a fait ses preuves, il vous suffit de vérifier auprès de vos grand-mères, et si elles sont décédées, essayez Google.

J'entre dans l'épicerie où d'emblée, je dois résister à l'envie de me laisser tenter par un lot de dix bâtonnets glacés. J'essaie alors d'établir un contact avec le jeune homme derrière sa caisse, et ceci par un simple « bonjour ». Malheureusement, je constate qu'il est occupé à regarder un clip vidéo sri lankais dans lequel un couple effectue une chorégraphie sous une pleine lune artificielle. Ça a l'air plus important que de répondre à une cliente de mon pedigree.

Je relance : « Bonjour, excusez-moi monsieur, est-ce que vous vendez des clous de girofle ? »

L'épicier profite d'une coupure publicitaire d'une durée de dix-neuf minutes dont YouTube a le secret pour lever la tête et me regarder enfin, oui j'abuse sur les dix-neuf minutes mais comme je vous l'ai déjà demandé : respectez mon ressenti, chacun sa notion du temps. Le commerçant me fixe sans rien répondre et ça dure un petit moment. Il a les yeux vides. On est carrément proches du regard de George W. Bush le matin du 11 septembre 2001 pendant que son conseiller lui annonce à l'oreille la tragédie qui vient d'advenir. La musique du clip de pop sri lankaise reprend. Par accident, ça donne à notre échange une allure romantique. Je me mets alors à faire spontanément cette chose exaspérante que j'ai reprochée aux Blancs toute ma vie : répéter exactement la même phrase mais plus fort, en espérant que le volume sonore va sauter par-dessus la barrière de la langue. Ça ne fonctionne toujours pas, alors j'articule plus lentement en prolongeant le mot « cloooooou ». Je me serais bien mis des claques, mais là, subitement, quelque chose a l'air de s'allumer dans ses yeux. Il quitte vite sa caisse, traverse l'allée principale de l'épicerie, entre dans ce qui a l'air d'être la réserve tandis que les amoureux sri lankais dansent toujours sous la fausse lune. Quelques secondes plus tard, mon ami revient, arborant un fier sourire qu'on devine sous son épaisse moustache noire. Le suspense est à son comble.

Alors qu'il s'approche, je constate qu'il a dans les mains un sachet contenant… je vous le donne en mille : des clous, des putains de clous pour bricoler.

Voilà que je me retrouve à taper « clous de girofle » sur Google Images et que je lui mets mon portable sous le nez.

Tout ce cirque pour qu'il finisse par me dire : « *I don't have that.* » Sans vouloir juger, je ne sais pas ce qui est le pire, le bon vieil épicier marocain qui nous a sucé le sang tel un vampire de l'Atlas ou un Sri Lankais amateur de pop music qui collabore avec Wall Street English Institute et me donne l'impression de passer l'oral du bac d'anglais quand je fais mes courses.

À bien y réfléchir, ce sera toujours mieux que les magasins bio où les tomates coûtent les yeux de la tête et dont on repart avec la sensation que demander un sac plastique constitue un crime.

Aziz me manque. Après toutes ces années de bons et loyaux services et des tarifs défiant toute concurrence, je veux bien sûr parler de la bouteille d'Oasis Tropical à 4,50 euros, oui, je me souviens encore des prix qui étaient pratiqués par mon Azizou d'amour. Ça ne s'oublie pas si facilement ce genre de syndrome de Stockholm ou devrais-je dire de syndrome d'Agadir. Il nous a bel et bien ruinés parce que nous étions excentrés et que le supermarché le plus proche se trouvait donc à environ 88 kilomètres, tout comme l'hôpital, arrêtez de dire que j'exagère et respectez mon ressenti je vous dis. On voit que vous n'avez jamais marché trois heures un dimanche pour acheter des cubes or Maggi pour la mamma. Ne vous inquiétez pas, on réglera nos comptes le jour du Jugement concernant l'échec de tous les plans banlieue de la Cinquième République. Bref, en tout cas, Aziz n'a jamais refusé un crédit à ma mère, et rien que pour ça, j'aurai toujours de l'affection pour lui. J'ai même désiré qu'il l'épouse, c'est vous dire qu'il m'en fallait peu.

D'après quelques ragots pêchés çà et là, mais surtout auprès de Nacera, une voisine de ma mère qui adore commérer et porter des jupes sous ses jupes, à tel point que je l'ai longtemps surnommée *double jupe*, en tout cas, d'après elle, Aziz serait retourné vivre au Maroc. Une désimmigration choisie. Pour moi, c'est comme s'il avait battu le boss final. Notre Aziz, c'est l'As des As. Ou plutôt l'As des Aziz. Doria, experte en jeux de mots, pour vous servir. Pendant des années, il a dépouillé ses clients en écoulant des produits laitiers périmés sans aucun remords et à présent, il joue l'expatrié dans son propre pays. Un exemple pour nous tous.

10.

« Un daron qui passe sa vie dans les bars, moi, j'appelle ça un baron ! »

L'humour : 3 – Doria : 0

C'est ce que j'avais dit un lundi en séance à Mme Burlaud, mon ancienne psy mandatée par la Sécu et recommandée par le lycée. Hélas, elle était restée insensible à mon humour dévastateur.

Je la cherche toujours activement sur Facebook. Pour l'occasion, j'ai enfilé ma casquette de détective du web. Appelez-moi Sherlock.com. J'ai pensé que j'aurais plus de chances de tomber sur elle en explorant ce réseau social qui a sans aucun doute la préférence des seniors. Régulièrement, depuis quelques années, je tape son nom en espérant reprendre contact avec elle. D'abord, j'ai envie de savoir si elle est toujours en vie. À l'époque, elle me paraissait déjà vieille mais bon, à 15 ans, n'importe qui vous paraît vieux. Je ne suis pas à l'abri de découvrir qu'elle n'avait en réalité que 43 ans alors que je la croyais à l'approche du caveau. En parlant de caveau, courte parenthèse sur le principe de payer pour réserver son emplacement.

Je veux bien essayer de tout comprendre, chacun ses mœurs et ses cultes, mais par pitié expliquez-moi comment ça a commencé cette connerie. Ça va être quoi la prochaine étape : une catégorie *cimetière* sur Airbnb ? Ça ne s'arrête donc jamais ? Même morts on doit continuer de mettre la main à la poche. Vous vous rendez compte qu'on taxe nos âmes ?! Le jour où j'ai appris qu'il fallait payer sa concession à la mairie comme si un tombeau était une banale place de parking, je vous assure que j'ai failli m'étouffer avec ma propre salive. Quelle ne fut pas ma stupeur, *mi asombro* ! C'est bien normal de placer de l'espagnol ici, quoi de plus dramatique que payer pour mourir, mon Dieu ?! *Pagar para morir Dios mio ?!*

Savez-vous qu'il faut lâcher un petit 10 000 dollars européens pour avoir la paix *ad vitam aeternam* ? Sinon, il y a différentes formules, comme pour les abonnements Netflix, on peut régler pour cinq, dix, quinze ou trente ans. Vu la tournure que prend l'humanité, je vous conseille de vous acquitter de la somme en avance parce que les gens qui comptent sur leurs gosses pour payer leur loyer sous terre, ouvrez les yeux. Déjà qu'ils ne viennent vous voir qu'un jeudi sur deux à l'EHPAD. LOL.

Quelle leçon peut-on bien tirer de notre court et brutal passage dans ce monde ? Je veux dire, à part que les mariages forcés ne mènent pas bien loin, la preuve : ma mère et le prince Charles, qui en sont deux très bonnes illustrations.

Mais enfin voyons, s'il y a bien une chose à retenir, c'est qu'on ne fait pas de spéculation sur ce qui va advenir APRÈS nous ! Ne misez pas tout sur vos gamins. Combien de fois va-t-il falloir le répéter ? Personnellement, mon fils ne me remercie même pas de tout nettoyer après ses « accidents pipi » que je soupçonne de ne pas être de vrais accidents mais des tentatives dégradantes pour me soumettre à son pouvoir. Donc, je préfère ne pas me fier à sa loyauté concernant mon destin post mortem. Je vais le dire clairement : par pitié, ne m'enterrez pas en France. Vive la binationalité pour les décisions funéraires. Rien à secouer de vos jugements sur mon manque de fidélité envers la nation. J'espère bien qu'on me mettra en terre dignement, en totale gratuité et après m'avoir délicatement enroulée dans un linceul blanc

100 % coton issu de l'agriculture biologique. Je voudrais reposer dans le cimetière bordé d'oliviers de notre village du nord du Maroc. Beaucoup d'entre vous me comprennent, j'en suis sûre. De toute façon, pinces de crabe comme vous êtes, si vous aviez le moyen d'éviter de raquer pour mamie et papi, vous seriez bien contents. Ah oui, et aussi, sur les tombes musulmanes, il n'y a rien à écrire de particulier donc inutile de frimer avec un quatrain de Baudelaire ou de citer des philosophes qu'on n'a jamais pris la peine de lire. Chez nous, ça a le mérite d'aller droit au but. On ne grave que les informations importantes. Soyons francs, si on a un nom, un prénom et une date de naissance, c'est déjà le Graal. Je vous assure que l'état civil, ce n'est pas si évident pour beaucoup d'entre nous. Quand on me demande jusqu'où je suis capable de remonter dans mon arbre généalogique, je me mets instantanément à bégayer.

Une fois, alors qu'on m'avait simplement interrogée sur le prénom de mon grand-père paternel, j'ai démarré une crise d'épilepsie, un œdème de Quincke, et j'ai perdu connaissance. Je me suis réveillée le jeudi suivant après une brève amnésie et à la question posée : « Comment s'appelle ton grand-père ? », encore confuse, j'ai fini par répondre au hasard : Philippe.

Bref, je ne vais pas revenir sur la paire de ciseaux géante qu'a été la colonisation et qui a coupé sauvagement nos filiations interminables. Avant tout ça, avec nos fils de, fils de, fils de, fils de, fils de, fils de…, on se portait très bien. Sans cette fracture historique violente, aujourd'hui, on ne serait pas si heureux d'envoyer notre kit ADN MyHeritage d'une valeur de 89 euros par la poste à de sombres laboratoires israéliens pour nous aider à remonter nos origines. Quelle tristesse. Tout ça pour découvrir qu'on a 3 % de pakistanais, 11 % de turc et 7 % d'espagnol. Ça me fait une belle jambe et ça ne me dit toujours pas comment s'appelait mon grand-père paternel. Parce que ça m'étonnerait que ce soit Philippe.

De toute façon, pas la peine de donner trop de détails sur une pierre tombale, je préfère la sobriété. Si c'est pour déborder, *no gracias*, personne ne veut connaître le type de cancer qui a frappé le défunt, et personne n'a envie de lire non plus des phrases du genre : « Pardon d'avoir été loin de toi mon tendre papa, on se retrouvera dans l'au-delà », gardez votre culpabilité pour vous et faites-en des broches pour les accrocher à vos vestes en tweed. Voilà, il faut dire les choses, au moins si on m'enterre au bled, ça m'évitera une épitaphe débile choisie à la hâte par des membres de ma famille qui n'ont pas fait l'effort d'apprendre à me connaître de mon vivant. Parce que s'ils avaient été plus attentifs, ils sauraient ce que je veux qu'on écrive sur ma pierre tombale : « Au moins, là où je suis, plus personne ne me demandera d'où je viens. »

Pour revenir à ma bonne vieille Mme Burlaud, j'espère qu'elle est toujours parmi nous et pas installée dans une concession dont le paiement cessera d'être renouvelé dans deux générations. C'est vrai, ça fait quasiment vingt ans que j'ai perdu sa trace. Il y a des chances qu'elle se soit éteinte discrètement tout comme la crédibilité de la France à l'ONU.

Psychologue de son état, remboursée par la sacro-sainte Sécurité sociale, je crois aussi que j'ai besoin de vérifier si elle se souvient de moi, parce qu'en consultation je me sentais si insignifiante. Je n'arrivais pas à croire qu'elle puisse trouver à mes histoires un intérêt quelconque. Je me rappelle que je passais mon temps à vérifier si elle m'écoutait pour de bon ou si elle pensait à autre chose. Je m'arrêtais de parler au beau milieu d'une phrase pour être sûre qu'elle suive.

Avec le recul, je me dis qu'être affectée dans un établissement de ZEP en tant que psychologue scolaire a dû être un sacré choc pour Mme Burlaud. Pour les plus jeunes, je précise que ZEP n'est pas un énième rappeur à utiliser un sigle en guise de nom d'artiste mais que cela signifiait : zone d'éducation prioritaire. Laissez-moi le temps de me relever, car je suis actuellement à terre en train de rire. LOL. On s'est bien payé notre tête, s'il y a bien une chose qui n'était pas prioritaire dans nos écoles, c'est l'éducation. On ne va pas revenir là-dessus, vous connaissez mon opinion (cf. chapitre 6). J'estime que j'en ai déjà assez fait sur ma blessure liée à l'école, c'est peu de dire que j'en ai gardé une pointe d'amertume. Ce sera probablement le sujet d'un prochain ouvrage dont j'ai déjà le titre : *Les Rescapés du système scolaire*.

J'ai souvent imaginé à quoi ressemblait le quotidien de Mme Burlaud en dehors de la salle du lycée dans laquelle elle me recevait le lundi. Ça tournait autour des livres le plus souvent, je l'imaginais sans arrêt en train de bouquiner des romans, affalée dans un fauteuil douillet. Je la voyais habitant un appartement du style moulures et haut plafond, dans lequel elle aurait le droit de faire du bruit, d'écouter de la musique, et de chanter sans craindre que les voisins appellent les flics ou tapent au mur après avoir gueulé : « Eh la ferme ! Y en a qui bossent demain ! », c'était sans doute important de le préciser car dans notre immeuble, cette espèce-là : *les gens qui bossent*, était plutôt rare.

J'imaginais une immense bibliothèque dans son salon où les livres sont triés par genre, avec des éditions *prestige*. Au moins trois ou quatre chiens de race au poil soyeux jouent près de la fenêtre sans même la déranger, vu la taille de la pièce à vivre. Évidemment pas de télévision, à la rigueur un poste radio un peu vintage dans la cuisine. Le matin, c'est sûr que j'ai bon, elle prend thé vert et biscottes au beurre demi-sel. Je supposais aussi qu'elle avait un amant barbu du style à porter des vestes en velours et un prénom germanique genre Gunther ou Friedrich, disons Gunther, certainement un psy comme elle, pas un boucher ou un cariste voyons, de quoi ils pourraient bien parler ? « J'ai de l'imagination mais elle est tempérée par la raison », comme l'a dit ce bon vieux Lionel Jospin en 2002 quand on lui a demandé s'il envisageait d'être battu par l'extrême droite au premier tour de la présidentielle. Je revois sa tête quand il a annoncé qu'il quittait la politique pour toujours. Pardon d'avoir ravivé ce souvenir douloureux. Un autre monde a été possible, *otro Mundo bla-bla-bla*. Malheureusement, on a loupé le virage et quand on loupe le virage, que se passe-t-il ? Eh bien on finit dans le fossé. Je reviens à Gunther, je le voyais un peu maladroit mais cherchant à bien faire, c'est toujours lui qui s'occupe de choisir le vin, rouge avec la viande et blanc avec le poisson, ça c'est la base. Il n'y a que ces deux choses à retenir pour être considéré comme un être méritant de fouler le sol de ce pays. Faites un effort. Vous voyez bien que ce n'est pas si compliqué l'intégration. Gunther se fait aussi un plaisir de sortir les clebs pendant qu'elle prend un bain. Mme Burlaud utilise des sels de mer qu'elle a piqués l'été dernier au spa de *L'Ancre Marine Hôtel* sur l'île de Noirmoutier. L'hiver, elle laisse pousser ses poils, elle en a plein sur les genoux mais moins qu'avant, ça doit être l'âge. Gunther remplit aussi le lave-vaisselle et lui masse la nuque le soir pour l'aider à se détendre. D'ailleurs, ils aiment discuter longuement avant de se mettre au lit. C'est un luxe de pouvoir prolonger sa soirée. Elle n'a jamais voulu avoir d'enfants. Il y a tellement de voyages à faire et de jeunes écrivains à découvrir, même si personne ne remplacera jamais Philip Roth dans son cœur, je le sais parce qu'elle avait toujours l'un de ses romans dans sa sacoche, lu et relu. J'imagine le couple se préparer une infusion verveine-citron et commenter la presse du jour, en général un truc de gauche historique auquel elle est abonnée, *Libération* sûrement car tout comme ce journal, Mme Burlaud aime les jeux de mots et se réclame d'être universaliste. Et puis, sans prévenir, comme chaque fois, ça dérape sur leur intimité. Gunther adore partager ses fantasmes d'être dominé, mordu, griffé, fouetté, bâillonné, habillé en combinaison de *catwoman* acquise au *paradis du latex* et plusieurs autres types de délires sexuels dont les bourges à l'approche de la soixantaine raffolent. Et ma petite Mme Burlaud, j'imaginais qu'elle écoutait encore, un peu agacée, mais sans rien laisser paraître de sa nervosité. Elle se demandait à nouveau comment malgré ses années de pratique et tous les articles qu'elle lisait sur les risques de dérives en psychanalyse, chaque fois, elle tombait sur des hommes pour qui elle finissait par jouer le rôle de thérapeute. En parlant de ça, je me souviens surtout d'une chose concernant Mme Burlaud : elle portait des bas résille dans la vie civile. Je n'en avais jamais vu en vrai avant de la connaître, seulement en photo, et portés par des femmes aux poses lascives dans un journal qui était distribué gratuitement dans le métro : *Paris Boum Boum !* Mme Burlaud a remis en question tous mes schémas féminins. Puisque comme je l'ai déjà mentionné, j'avais plutôt l'habitude de voir des femmes de son âge porter des jupes sous des jupes (cf. double jupe).

J'ai longtemps eu honte d'aller voir une psy. Ma mère m'avait obligée à y aller toutes les semaines sur le conseil de mes profs. Dans l'esprit de ma mère : conseil de prof = OBLIGATION = possible fin du virement mensuel de la CAF = risque d'expulsion vers le Maroc = drame.

Je dois admettre que démarrer une thérapie à 15 ans, ça m'a mis le pied à l'étrier pour chevaucher la vie. Je me permets une métaphore équestre bien que je ne sois jamais montée à cheval, d'ailleurs, je vais m'empresser d'ajouter ça sur ma *liste des choses réalisables qu'il faudrait que je fasse avant d'être enterrée gratuitement.*

11.

L'erreur à ne pas commettre, c'est de considérer qu'un homme qui accepte d'être circoncis pour vous épouser n'est tenu de faire aucun effort supplémentaire le reste de sa vie.

À l'époque, j'avais trouvé que c'était une belle preuve d'amour qu'il se sépare de son bout pour moi. On aurait pu en faire une chanson de RnB intitulée : « Mon bout pour ton love » ou mieux encore, en anglais : « *My foreskin for your skin* ». Dommage que le contexte socio-économique dans lequel j'ai grandi m'ait coupé les ailes. En d'autres circonstances, j'aurais pu devenir une grande poétesse vous savez. Malgré tous mes rêves avortés, voyez comme j'ai résisté à l'amertume. Même après toutes ces années, je ne me suis pas laissé consumer par l'aigreur. Alors pas de panique concernant l'épisode de la circoncision en saison 1, laissez-moi juste le temps de vous faire un récap' les loulous. De temps à autre, je m'adresserai à vous comme une influenceuse s'adresse à ses abonnés, un peu de chaleur humaine, ça ne peut pas nous faire de mal. Pour rappel, mon compte Instagram : @dorialamalice, n'hésitez pas à vous abonner. Parce que depuis le temps que je vous cause, j'estime que vous êtes devenus ma communauté et ce, sans distinction de genre, de race ou de religion. Que du love les loulous.

Revenons à Steve qui, à l'origine, n'est pas né dans une famille musulmane comme vous l'aurez sans doute deviné (indice : prénom + prépuce). Reprenons depuis le début. Il s'agirait de faire les choses dans l'ordre. Avant de se faire ôter le chapeau, il a évidemment commencé par se convertir à l'islam. C'était à la mosquée Othmane à Sevran, en présence de ses amis et de quelques fidèles très émus, un vendredi de printemps. D'après ce qu'il raconte, il n'a jamais connu un bonheur aussi grand. Après avoir récité la *shahada*, il est devenu l'un des leurs, alors les frères l'ont entouré, embrassé, et félicité. Il a senti son cœur s'emplir d'amour et de gratitude. L'expérience de la fraternité l'a transcendé. Je crois que c'est parce que Steve est un enfant unique, comme moi. Pas un hasard qu'on se soit reconnus « comme deux âmes seules qui ont fini par devenir deux âmes sœurs ».

J'ai écrit cette phrase sur une carte de Saint-Valentin en forme de cœur le 14 février 2017. Je me confie et ce n'est pas évident de gérer ses hontes, soyez indulgents parce que quand j'y repense, je me dégoûte. Telle une bécasse de compétition, je la lui avais déposée sur le plateau du petit déjeuner et apportée au lit. Par pitié, enduisez-moi de goudron chaud, collez-moi des plumes, foutez-moi sur une charrette et livrez-moi à une foule avide de vengeance, comme ils avaient coutume de le faire dans le Far West. Et puisqu'on mentionne ce supplice populaire qui se terminait par un défilé, c'est quand même incroyable de se dire que les cow-boys ont inspiré la Gay Pride sans le faire exprès. Ne me dites pas que je suis la seule à avoir fait le rapprochement : des chars, un défilé, des plumes. Ça me paraît évident. Bref, je tiens à préciser que je n'ai rien à voir avec la conversion de Steve ; c'était antérieur à notre rencontre je vous signale, pas la peine de me ficher S, ou de me coller les Renseignements généraux au cucul, je vous connais. Sa décision résulte d'une longue réflexion personnelle, elle-même née d'un fort et inexplicable désir d'être arabe, alors que je le rappelle, nous nous trouvons en France. Y a vraiment des gens qui cherchent *la mierda*. Pourquoi aller se mettre sous le cul d'un pigeon pour l'inciter à vous chier sur la tête ? Même s'il faut admettre que dans le cas de Steve, épouser la religion musulmane en tant que garçon blanc, c'était avoir les avantages sans les inconvénients. Trop cool d'avoir les gâteaux de l'Aïd et le paradis, mais pas les contrôles au faciès à Gare-du-Nord. Je sais, ce n'est pas si évident pour un novice de distinguer l'islam des musulmans, et encore moins les musulmans des Arabes. Nous en sommes, malgré nous, les représentants officiels. Inutile de brouiller davantage les pistes en vous expliquant que contrairement aux idées reçues, c'est en Indonésie que se trouvent le plus grand nombre de musulmans au monde et non à Argenteuil.

Et puis rappelons qu'il y a encore quelques années, les dérives islamophobes restaient occasionnelles. C'était le bon vieux temps.

Pour Steve, notre cher amateur de couscous merguez, le processus a démarré doucement. D'abord, l'installation de la famille Morel dans une charmante commune de Seine-Saint-Denis en mars 1996. Ils avaient dû quitter le Jura, leur région d'origine, quand le père Morel a perdu son emploi à l'usine Bel, connue pour fabriquer le fameux fromage La Vache qui rit. D'ailleurs, chaque fois qu'il en parle, il fait la même vanne : « L'année qu'y a eu l'chômage, et bah la vache, elle riait plus. » Ils ont atterri là grâce à l'intervention du cousin Jérémy qui a le bras long (un poste en mairie). M. Morel a donc pu intégrer l'équipe d'*entretien des parcs et jardins de la Ville de Sevran* alors qu'il n'était « pas fichu d'arroser une plante d'intérieur », selon ses propres mots. Quant à Mme Morel, elle a trouvé un emploi à la petite parfumerie du centre-ville pour « ses compétences en comptabilité ». Comme quoi, ça peut servir d'être une crevarde professionnelle.

C'est donc quelques mois après leur arrivée dans le 9.3 et leur fulgurante intégration à la communauté sevranaise que Steve a entamé sa mutation : rap *conscient*, coupe dégradée à la tondeuse, survêt'- baskets en guise de tenue journalière et bien sûr, jurer *wolla* pour un oui pour un non, sans même connaître la signification de ce mot, qui avait l'air d'être un genre de « sésame ouvre-toi » pour ses copains.

Devenir musulman semblait répondre simultanément à deux de ses desiderata d'adolescent : *trouver enfin un objectif à sa présence sur Terre* et *espérer être en couple avec une fille arabe.* Il a toujours eu un faible pour nous. Il pense que nous sommes de loin les plus jolies. D'ailleurs, avant moi, il n'a eu quasiment que des petites copines d'origine nord-africaine. Je n'avais encore aucune connaissance de ce que signifiait la fétichisation quand j'ai connu Steve. Pour moi, *fétichiste* était un mot pour désigner les pervers amateurs de pieds et de talons aiguilles. Quand j'ai rencontré pour la première fois Claude-Marie, mon ex-belle-mère, un sacré numéro préparez-vous, elle m'avait dit : « Mon Steve, il aime bien les filles d'chez vous, t'sais qu't'es pas la première. Comme son papi Robert quand il a fait son service en Algérie. Il était tombé amoureux de toutes les femmes là-bas, un vrai cœur d'artichaut. » Pas facile de rester accrochée à sa chaise dans ces moments-là, vous en conviendrez. On pourrait trouver que c'est flatteur, mais pas du tout, une origine ethnique n'est pas une préférence comme l'est le fait de s'asseoir dans le sens de la marche dans le train, ni un goût, par exemple : la glace à la vanille plutôt qu'à la pistache. Pour être franche, j'ai le cœur un peu trop mou, j'ai encore de l'empathie pour Steve. On ne choisit pas sa famille, je ne le répéterai jamais assez. Mais quand même, la génétique, quand ça laisse une empreinte pareille, comment l'ignorer ? Bref, l'éternel débat entre l'inné et l'acquis. J'ai commencé à écouter un podcast là-dessus en février. Je me suis arrêtée à quarante-deux minutes. Franchement, pas eu le courage d'aller au bout parce que le philosophe invité était chiant à mourir. Et encore, moi je ne suis qu'une auditrice dissipée, mais ayons une pensée émue pour les personnes qui vivent sous le même toit que ce type, genre tous les jours, *every single day*, *todos los dias*, *koul youm*. Oui, vous ne rêvez pas, c'est le moment. J'estime que vous êtes fin prêts pour l'introduction de la langue arabe. Par précaution, attendez quarante-huit heures et surveillez votre peau, si aucune rougeur ou aucun signe de démangeaison n'apparaît, c'est que la piste de l'allergie peut être écartée. Félicitations. Vous pouvez maintenant poursuivre votre lecture.

Comme je le disais, Steve s'est finalement converti à l'islam à l'âge de 19 ans après mûre réflexion et sous l'influence d'Oussama.

Mais non, pas lui, pas celui d'al-Qaida. L'autre Oussama. Le fils de leurs voisins de palier qui avait le même âge que Steve à l'époque : Oussama Benlahcen. J'aimerais vous dire que c'est une plaisanterie et pourtant, il s'appelle bel et bien : *Oussama Benlahcen*. Ses parents ne pouvaient pas savoir que le prénom qu'ils choisiraient pour leur fils aîné allait un jour tourner au vinaigre. Il est né en 1985 et à l'époque, je vous assure que beaucoup de gens trouvaient encore ce prénom « mignon ». Mais l'association du prénom ET du nom de famille, ça fait quand même beaucoup. Il était à une consonne du drame le pauvre. Avoir un presque homonyme connu mondialement pour incarner, à lui seul, l'axe du mal, lui a valu pas mal de soucis.

En 2009, grâce aux économies réalisées sur ses premiers salaires, Oussama a décidé d'emmener sa fiancée faire du tourisme à Los Angeles. Et le moins qu'on puisse dire, c'est qu'il a déjà eu de meilleures idées. Il avait en tête tous les films de cinéma qu'il a découverts en squattant le magnétoscope de ses grands frères. *L.A. Baby*. Pour lui, ce voyage, c'était un peu comme entrer dans ses cassettes VHS. Bien sûr, il n'avait pas prévu qu'il serait à deux doigts de se retrouver à Guantanamo, cul nu et sac en toile sur la tête, pour purger une peine de cent quatorze ans sans procès préalable. Heureusement que l'histoire s'est bien terminée. Tout ce qu'il voulait à la base, c'était impressionner sa future femme, remonter Sunset Boulevard dans une voiture de location décapotable, prendre des photos avec le sosie raté de Marilyn Monroe pour un dollar et aller à Venice Beach enfoncer ses gros pieds poilus dans le sable. Il espérait surprendre sa fiancée en organisant un mariage express à Las Vegas dans la fameuse chapelle de Graceland mais c'était sans compter sur l'imam de la mosquée Othmane qui s'y est fermement opposé. Le rêve américain d'Oussama s'est vite transformé en cauchemar. Autant vous dire que les deux tourtereaux ont passé plus de temps à la douane de LAX qu'à compter les étoiles sur Hollywood Boulevard.

En tout cas, c'est bien cet Oussama qui a été à l'origine de l'intronisation de mon ex-mari dans le Royaume islamique, et pas celui des vidéos qui pointe en l'air un index et une kalachnikov. Par sa gentillesse et sa loyauté, Oussama a donné envie à Steve d'être musulman, un peu malgré lui. Il n'y avait aucune stratégie de sa part, c'est pourquoi il s'est montré très étonné quand il a appris que son voisin Steve alias le Babtou du 3e décidait de renoncer à sa vie ordinaire, ou plutôt à sa vie *ordi-gwer*.

L'humour : 4 – Doria : 0

Je ne rate pas une occasion de jongler avec les mots. Doria, pour vous servir. Vous voyez, contrairement à ce que disent les mauvaises langues, je n'ai pas changé.

À présent, je vais m'adresser uniquement à mes collègues musulmans puisque je me dois de faire une parenthèse communautaire. Je m'excuse auprès de vous autres qui vous sentirez exclus, mais pour une fois que c'est vous qui êtes mis de côté, soyez fair-play et laissez-nous entre nous deux secondes sans protester. Merci de votre compréhension.

> * *Ceci est un espace réservé. Si vous souhaitez y accéder, veuillez prononcer la profession de foi musulmane avec sincérité. Sinon, veuillez patienter en silence. Merci.* *

C'est bon, on peut se dire les choses maintenant qu'on est en effectif réduit les loulous, ou devrais-je dire les *halaloulous.*

L'humour : 5 – Doria : 0

L'écart se creuse entre l'humour et moi, mais poursuivons.

Sincèrement, moi qui ai toujours trouvé archiclasse que notre club soit plutôt ouvert et facile à intégrer, je dois dire qu'avec le temps et les événements récents, je deviens partisane d'un recrutement plus sélectif. Si on continue de laisser entrer n'importe qui dans notre équipe, ça ne va pas nous mener bien loin. Déjà que notre crédibilité est en chute libre. Il nous faut des membres triés sur le volet. Y a du boulot pour être à nouveau pris au sérieux. Ça s'est empiré depuis l'avènement de l'imam républicain qui ne représente rien d'autre que la nécessité d'avoir un dictionnaire chez soi. Je vous propose qu'on crée un groupe WhatsApp dont je serai l'administratrice pour en discuter entre nous. Je l'intitulerai : *l'élite islamique*.

Fin de la parenthèse « mus'hulmaniste ».

L'humour : 6 – Doria : 0

Qu'est ce qui m'arrive en ce moment ? Retenez-moi, je suis un cheval fou qui ne veut plus s'arrêter de galoper.

Vous noterez que j'affectionne particulièrement les jeux de mots. Ce n'est pas un hasard si j'ai travaillé pendant six ans en qualité de coiffeuse au salon *L'hair du temps* et comme ce métier n'était pas une vocation, je dirais que j'ai fait une « *grossi'hair* » « *hair'eur* ».

Revenons à la biographie de Steve Morel, musulman français titulaire d'un bac pro métiers du commerce et père de mon enfant de 7 ans, Adam Morel. Je sais, mon gosse a un nom de commissaire d'une ville de province comme Cherbourg ou Annecy, pire, du personnage récurrent d'une série française sentimentale destinée aux seniors. J'ai trop le seum mais trop tard, que voulez-vous ? Si je pouvais, j'aurais rembobiné et il aurait pris mon nom, hélas la vie n'est pas une cassette vidéo, impossible de revenir en arrière.

Le père de mon fils est issu de l'union entre M. Bruno Morel né à Lons-le-Saunier dans le Jura et Mme Claude-Marie Morel née Prost, à Valzin-en-Petite-Montagne, également dans le Jura. Anciennement Fétigny, je précise. Ce bled a fusionné avec d'autres petits bleds pour former un plus grand bled en 2017, c'est pourquoi il a été rebaptisé. Je me souviens que ça lui a causé un immense chagrin à Claude-Marie. Comme si on lui avait volé ses souvenirs d'enfance. C'était la deuxième fois que je la voyais pleurer. La première, c'était le jour où elle a cru le présentateur de son jeu de midi préféré atteint d'un cancer. Tout ça à cause de la une de *France Dimanche*. Ils ont toujours des titres ambigus pour garantir les ventes de leur torchon au détriment de nos plus grandes vedettes françaises. Je ne compte plus le nombre de fois où ils ont tué Sheila, ils le paieront ces enfoirés parce que : *vous les copains, je ne vous oublierai jamais, bidouwa bidi douwabidab dididou*.

Ce matin-là, en passant devant le kiosque, Claude-Marie, C.M. pour les intimes, lit par accident un truc du style : « Sa famille est effondrée. Jean-Luc Reichmann. Un cancer des os très agressif ! » avec en illustration, une photo sur laquelle Jean-Luc a l'air d'entamer la chimio de la dernière chance. Ce n'était peut-être qu'une image prise à son insu au lendemain d'une cuite mais bon, trop tard, la confusion était installée. Après tout, on n'est pas tous les jours à son avantage, la preuve, moi en ce moment avec mes cheveux emmêlés et mon pyjama Primark qui taille trop grand et dans lequel j'ai l'air de posséder deux arrière-trains. Ça fait toujours une occasion de réviser mes tables de multiplication, exemple : 2 × 2 fesses = 4.

Au vu du caractère tragique de la photo de Jean-Luc Reichmann, star des ménagères de plus de 50 ans, et du titre choisi par *France Dimanche*, mon ex-belle-mère a pensé qu'il ne restait plus longtemps à tirer à son petit Jean-Luc. Qui peut bien lui en vouloir d'avoir cru à la véracité de cette information ? Puisque c'est exactement l'effet recherché par la rédaction pour attirer les lecteurs. Soit dit en passant, *France Dimanche* sort le vendredi et pas le dimanche, allez comprendre leur logique. Ils n'ont qu'à le rebaptiser *France Vendredi* comme ça a été fait pour le nom du village de Claude-Marie dans le Jura et arrêter d'induire les gens en erreur sur absolument tous les sujets. Je comprends facilement pourquoi elle a été si sensible à cette histoire. Outre son amour inconsidéré pour Jean-Luc Reichmann, dans la famille de ma belle-mère côté Prost, disons qu'ils ont des antécédents. Chez eux, mentionner les cancers c'est comme sortir les guirlandes de Noël du carton, ça s'emmêle tellement qu'on ne sait plus qui a eu quoi. Je crois que c'est l'un des oncles qui a eu un cancer des os, son frère, c'étaient les poumons, et leur cousine, la gorge. Rien que prononcer leur nom de famille, c'est cancérigène. Je suis un peu en stress pour la santé de mon fils dans l'avenir mais Inch'Allah que ça compense côté marocain avec notre sang qui ne coagule pas et nos cellules de scorpion du désert. Donc, Claude-Marie sent son cœur qui se met à battre la chamade face à cette terrifiante une. Sans surprise, elle se précipite sur le magazine, les genoux tremblants, et s'en saisit après avoir donné 1,70 euro au gars du kiosque qui lui propose gentiment un verre d'eau tellement elle est livide. Un peu naïve la belle-mère d'avoir cru son présentateur fétiche bientôt *out*, ce qu'elle découvre à la lecture de l'article, c'est bien pire que ce qu'on imagine. Figurez-vous que le cancer des os en question ne concernait pas Jean-Luc Reichmann lui-même mais une admiratrice de 14 ans, Lilwenn, confrontée à une rechute. Fan de l'émission, elle a fait le voyage depuis Ploëzal dans les Côtes-d'Armor, jusqu'à la capitale pour assister à l'enregistrement des « 12 coups de midi » parce qu'elle rêvait de rencontrer l'animateur. Tout le texte de l'article consistait finalement à dire : « Aaaah vous pensiez que c'est Jean-Luc Reichmann qui avait un cancer ?! Mais pas du tout, comment avez-vous pu imaginer une chose pareille ?! Vous avez l'esprit mal placé... » *France Dimanche*, c'est le pervers narcissique de la presse écrite. Faut vraiment avoir un cœur mort pour jouer sur ce genre de malentendus. Forcément, la mère de Steve s'est sentie « soulagée », c'est le mot qu'elle a employé, que ce soit cette adolescente courageuse qui soit malade et pas Jean-Luc, ouf.

Je reviens à Steve, vous allez voir, c'est important que je fasse régulièrement quelques détours par son histoire familiale pour comprendre ce qui s'est joué entre nous. J'espère que vous suivez toujours la story les amours. N'oubliez pas de commenter pour plus de détails croustillants, emoji cœur avec les doigts.

Les Morel sont donc de purs Jurassiens. Quand j'entends « Jurassiens », je ne sais pas vous, mais moi je ne peux pas m'empêcher de penser à *Jurassic Park*, le film de Spielberg avec des dinosaures en manque de drogue dure qui en ont après des gosses. D'ailleurs, la première fois qu'ils m'ont emmenée dans le Jura pour les fêtes, je n'ai pas arrêté d'y penser. J'ai été incapable de voir autre chose que des diplodocus et des T-Rex assis autour de la table, sans vouloir dire de mal du physique des gens des montagnes. Et Dieu sait que *nos régions ont du talent*, ça je vous l'accorde. En plus, ça vit longtemps là-bas, il y a plein de gens dans la famille de Steve côté Morel qui ont un âge à trois chiffres. Impressionnant. En revanche, ils sont tous sourds comme des pots, et la vérité, relou de tout répéter dix fois. Depuis qu'on est ensemble, chaque fois qu'on a franchi la frontière de la région Bourgogne-Franche-Comté, on a dû enfiler nos costumes d'acteurs. *La commedia dell arte.* Appelez-moi Arlequin et jetez-moi des cacahuètes grillées salées à la gueule.

À peine arrivée chez eux, je m'éteignais comme les lampadaires à la campagne à partir de 18 heures. J'activais le mode : effacée. Je devenais la poupée aux cheveux frisés. La femme silencieuse de Steve. Un être folklorique que toute la famille imaginait volontiers faire des danses du ventre dans la chambre nuptiale sur une musique orientale.

Souvenez-vous de Papi Robert, l'amateur de femmes *dans mon genre*, qui a dû faire des siennes en Algérie pendant la guerre dans ce qu'on appelait des « maisons de tolérance » pour ne pas dire des bordels. Trop doués en métaphores ces Français. Des génies du mal et du verbe. Vous aurez ma peau à force.

D'ailleurs, comme les autres, Papi Robert est toujours en vie. Et systématiquement, il s'asseyait en face de moi, et me regardait en bavant et sans cligner des yeux. Je vous mets au défi de rester concentré sur votre assiette dans ces conditions. J'ajoute qu'il a un nez énorme plein de couperose, c'est stupéfiant, une véritable patate douce et surtout des oreilles interminables, en constante expansion, comme l'univers. Vu ce que devient son visage, c'est sûr qu'il paie ce qu'il a fait dans le djebel Papi. Ce qui s'est passé au maquis reste au maquis mais se voit comme le nez au milieu de la figure.

Quant à Steve, lui, il redevenait ce qu'il a toujours été à leurs yeux : le bon gaillard bien de chez nous, enfin de chez eux, vous avez compris. Il y avait un accord tacite entre les parents de Steve et nous. On ne parle pas islam, babouches et pèlerinage devant la famille du Jura. Là-bas, pas question de prier au milieu du salon, mais plutôt enfermée dans la chambre, en faisant croire qu'on a un coup de fil important à passer, ce qui n'est pas totalement un mensonge, car ça reste une manière d'entrer directement en communication avec Allah. Même si dans le Jura, pas évident de choper la 4G.

Nota bene : toujours aucune information à ce jour concernant l'évocation d'Allah de façon récurrente. Penser à contacter un avocat en prévision de poursuites intentées.

Par précaution, je prenais bien soin de fermer à clef parce qu'un accident domestique est si vite arrivé. Dans ce genre de patelins, il y a au minimum quatre fusils de chasse par habitant. Ils ont appris à tirer avant d'apprendre à aligner trois mots. Imaginez leurs têtes en arrivant à l'étage et en me découvrant voilée et prosternée ? Vous connaissez la chanson. Même s'ils me tiraient une bastos entre les omoplates, ils pourraient invoquer la légitime défense. Ça finirait avec une photo de moi peu avantageuse datant de 2014 et mon nom mal orthographié sur les bandeaux défilants des chaînes d'information en continu. Ils auraient bien trouvé une histoire à raconter : un projet d'attentat que j'étais sur le point de commettre ou une guerre à mener contre la république. Enfin, je veux dire contre la République. J'ai bien mis la majuscule vous avez vu ? N'essayez pas de me faire un procès d'intention. Je montre patte beige.

Toujours plus en stress d'être soi-même en 2024.

Steve quant à lui opérait un véritable dédoublement de la personnalité. Il avait le talent de faire de belles esquives, surtout pour le porc. D'ailleurs, obligée d'ouvrir une parenthèse là-dessus. Pourquoi le porc a-t-il autant d'importance ? Vraiment, j'aimerais une réponse honnête. Il y a environ cinq ans, j'étais restée en apnée quelques jours en découvrant qu'un homme avait enroulé des tranches de jambon sur la poignée de la porte de la mosquée de Castelsarrasin, un nom pareil ça ne s'invente pas. Il a décidé de faire ça un vendredi, jour saint pour les nôtres. Qu'est-ce qu'il a imaginé ? Que ça allait agir comme de la kryptonite sur Superman ? C'est triste que le porc soit devenu le dernier rempart de cette civilisation. Ou plutôt le dernier *rem-porc* de cette civilisation.

L'humour : 7 – Doria : 0

Jusqu'où ira-t-elle ? Nul ne le sait. Parfois, il vaut mieux en rire n'est-ce pas ?

Donc, je vous disais que Steve n'avait pas été circoncis. Même si ce n'était pas une condition *sine qua non*, ça faisait tout de même près de dix ans qu'il traînait à s'en occuper. Et envisager le mariage avec moi avait simplement accéléré cette formalité. Il était temps de décapsuler, par égard pour sa future femme.

Entre nous, il n'y était pas obligé, je n'y aurais vu que du feu. Deux millimètres de plus ou de moins. Bref, à mes yeux en tout cas, c'était une belle preuve d'amour.

Pas la peine de revenir au début du chapitre pour être sûr de n'avoir rien loupé, puisque je vous dis que j'ai pris pour gage d'amour ultime : UN PRÉPUCE. Il aurait même pu le garder et me l'offrir en guise d'alliance, j'aurais certainement trouvé ça touchant, bête comme j'étais. Sur l'échelle de l'estime de soi, de 0 à 10, je vous le demande, on est à combien ? Hein ?

Eh ! Pas cool de proposer un vrai chiffre, ce n'était qu'une question rhétorique !

Voici ce que je peux répondre aujourd'hui : on est bas, vraiment très bas. Vous voyez un peu les parkings souterrains des grandes villes lorsqu'ils sont complets ? que tous les voyants lumineux sont rouges au P1 et P2 et qu'on doit continuer de descendre la pente en colimaçon ? Là où la température augmente de manière inquiétante et qu'on se demande jusqu'où ils ont creusé ces enfoirés ? Alors on se retrouve vite au – 7 à l'affût d'un emplacement handicapé, quitte à s'amputer d'une jambe mais pourvu qu'on se gare. Toujours rien, on descend encore plus bas et maintenant on suffoque. Vu la profondeur du truc, il y a des chances qu'on arrive en enfer avec le risque de se retrouver nez à nez avec Satan, armé d'un fusil de chasse lui aussi, et en train de hurler : « Dégagez ! Ceci est une propriété privée ! »

Il finirait bien par baisser son 22 long rifle. « Ah c'est toi Doria, excuse-moi, je t'avais pas reconnue, putain mais t'as pris un sacré coup de vieux ! »

Donc, Satan en personne m'indiquerait où se trouve mon amour-propre : « Vas-y, tu peux avancer encore, tu empruntes le couloir devant toi, et tout au fond, y a un mur, c'est là que se trouve ton estime de soi, tu peux te garer en marche arrière. N'oublie pas de prendre un ticket pour payer en sortant. »

Si je fais une avance rapide sur ma vie amoureuse, de Nabil à Steve, c'est-à-dire de mes 15 à mes 27 ans, une période que j'appelle avec affection « le tunnel sous la Manche », c'est parce que ça me semble plus pertinent. Après tout, à quoi bon mentionner les stages non rémunérés sur un CV ? Passons à mon premier contrat sérieux avec cet homme connu pour être le Brad Pitt français. Après une période d'essai plus que satisfaisante, j'ai décidé de signer en toute confiance. Malheureusement, dès les premières semaines de prise de poste, j'ai eu des signaux d'alerte qui auraient dû me conduire à poser ma démission rapidement. Il y a quand même pas mal d'indices qui auraient dû me mettre la puce à l'oreille, j'étais pourtant assez douée au Cluedo. Je vous donne quelques raisons de fuir, en vrac, comme les *prix fous* à l'entrée du supermarché, vous voyez le bac avec tous les articles à un euro ? Eh bah vous piochez ce que vous voulez : *on partage l'addition mais pas les tâches ménagères, je sors avec mes potes 5 soirs sur 7, j'ai des pannes 5 soirs sur 7, j'esquive 5 factures sur 7, je suis pas trop cadeaux, je suis pas trop compliments, je suis pas trop cuisto.*

Au lieu de retirer la casserole du feu, j'ai regardé le lait déborder sans cligner des yeux. Moi, malgré les chiffres alarmants, je suis devenue actionnaire de la boîte. La plupart des entreprises qui font faillite n'arrivent pas à admettre leur échec, vous avez beau leur foutre des bilans comptables catastrophiques sous le nez, elles cherchent encore à investir pour retrouver la dynamique de la première année.

Mais il fallait le voir Steve en 2015. Il était beau. Très beau. Je vous assure, c'était quelque chose. Il avait vraiment une cote de dingue avec les femmes. Mais aussi avec les hommes, les loups, les truites, et d'autres espèces d'êtres vivants dont la liste serait trop longue à dresser. Un séducteur-né. En un regard, vous lui auriez tout donné, croyez-moi. Et surtout, vous auriez tout accepté.

Je vais vous révéler une chose intime même si je sais bien que ça va vous paraître ridicule vu votre disposition à juger. Ne dites pas le contraire, c'est ce que vous faites depuis que j'ai commencé à vous raconter ma vie il y a vingt ans.

Je choisis de vous le dire quand même, après tout, vous ne valez pas mieux que moi question ridicule. On est tous le ridicule de quelqu'un. Voilà, ce qui m'a attirée le plus chez Steve : c'est qu'il conduisait un camion. À l'époque, il était chauffeur-livreur. Je ne sais pas expliquer ce qui m'émoustille autant avec les hommes qui prennent en main ces gros engins. Peut-être cette aptitude à se garer en double file sur un boulevard à sens unique sans craindre de gêner les autres automobilistes. Cette façon qu'ils ont de descendre de leurs véhicules en faisant un petit saut sur leurs grosses pattes, avec toute l'assurance que ça nécessite, et galbés dans des jeans usés qui n'ont pas vu l'ombre d'un tambour de machine à laver depuis des semaines. Les demi-tours à une main aussi ça me fait fondre. Le fait de ne jamais porter de lunettes de soleil au volant et préférer froncer les sourcils ou plisser les yeux plutôt que de jouer les play-boys avec des Ray-Ban. Leur manière lente de manger leur sandwich au thon entre deux haltes et la maîtrise dont ils font preuve pour monter leurs grosses roues sur le trottoir s'il le faut. J'aime quand ils crachent par terre et qu'au feu rouge, ils pissent dans une bouteille de Cristaline vide sans éclabousser.

La prochaine fois que vous croiserez un Peugeot Boxer blanc, portez votre attention sur ces deux belles mains qui serrent le grand volant, difficile de faire plus érotique non ? Vous ne trouvez pas ? Bon, apparemment non.

Pas cool de m'abandonner lâchement dans mes fantasmes prolétaires mais tranquille, je retiens l'affront que vous me faites. Restez bien dans vos délires du prince charmant. Alerte spoiler : il n'existe pas.

12.

J'ai été convoquée par Mme Hibou lundi de bon matin, une demi-heure avant la classe, soit à 7 h 45. Si c'est une vengeance, je lui dis bravo, bien joué ma belle. Cette fois, je n'ai pas le droit à l'erreur, il est impératif que je sois ponctuelle. Pour m'en assurer, j'avais programmé sur mon iPhone *La Marseillaise* en guise de réveil avec le volume au maximum. Quoi de mieux qu'un hymne guerrier pour se motiver ? Ça ne m'étonne pas qu'on pointe du doigt les joueurs de l'équipe de France qui refusent de se prêter au jeu du karaoké d'avant-match. Chanter une ode au sang versé, c'est quand même la moindre des choses pour exprimer sa gratitude à son pays. D'autant plus si ledit pays a pris en charge votre éducation et vos soins dentaires jusqu'à vos 15 ans. Et le paracétamol gratuit alors ? Ça vaut quand même bien un petit « l'étendard sanglaaaant est levéééé » ?

Toujours aussi surprenante cette dette éternelle envers la patrie. *Deuda con la patria.*

Je suis loin d'être une crack en histoire-géo, mais il y a de quoi s'interroger quand on connaît le passé colonial qui nous unit. Si on y pense, c'est même prodigieux. Ça me fait penser à un pote d'Hamoudi qui demande aux gens de rembourser l'argent qu'il leur doit. Un génie le mec. Je vous laisse méditer là-dessus. Mais pas trop longtemps car l'histoire suit son cours.

D'après l'équipe pédagogique de l'école, Adam a des problèmes de comportement. Il se montre agressif envers ses camarades et refuse de respecter les règles. À lui non plus on ne fera pas chanter *La Marseillaise* apparemment.

Marlène, l'institutrice, se dit préoccupée par son attitude depuis la rentrée, elle ne le « reconnaît » pas. Sans vouloir la jouer impertinente, qui lui a demandé de le reconnaître ? Elle se prend pour son géniteur ou quoi ?

En parlant de reconnaissance de paternité, ma mère dit que chaque fois qu'un homme se détourne de sa progéniture, Dieu, comme châtiment, fait de l'enfant son sosie parfait. Ridicule de persister à nier publiquement ta filiation avec un môme qui a la même tronche que toi, trait pour trait. Parce qu'un peu comme les racistes de gauche, les enfants illégitimes finissent toujours par sortir du bois. Demandez à Alain Delon, il vous en parlera mieux que moi. C'est aussi arrivé à un célèbre chanteur de raï, vous vous souvenez ? Un jeune homme que son Cheb de père n'a pas déclaré aux impôts. Un *fisc* caché.

L'humour : 8 – Doria : 0

Désolée, c'était trop tentant.

Personnellement, je veux bien croire à sa bonne foi mais il faut voir les deux visages côte à côte, la ressemblance est plus que criante, elle est hurlante. Bref, ça ne m'empêche pas de danser sur ses chansons période 90 pour faire le ménage à la maison, tout en essayant d'ignorer que lorsqu'on lui a posé la question des violences conjugales dont il a été accusé, il a répondu avec un large sourire : « Qui aime bien, châtie bien. »

Sans surprise, Mme Hibou et son groupe de chouettes préconisent un entretien avec le psychologue scolaire. Tiens tiens, ça me rappelle des souvenirs.

À tous les coups, il lui demandera de faire un dessin pour commencer la séance. Connaissant Adam, il va sûrement lui gribouiller quelque chose de spectaculaire au feutre rouge, sa couleur préférée, et comme il n'est pas très bavard avec les inconnus, s'il lui demande d'expliquer son geste, il ne répondra pas mieux que : « BOUM ! Ça explose ! » Je vous laisse imaginer l'interprétation du psychologue. Je vous l'ai déjà dit, mon fils n'échappe pas à la caricature. C'est un petit garçon de 7 ans qui n'a rien d'original, il passe des heures à faire se percuter entre elles des petites voitures de rallye en criant « boum boum piiiiish boum piiiish baaaam », considérant que « baaaam » est la collision finale. Vous noterez le manque d'effort sur le scénario, on dirait *Fast and Furious*. Il est aussi fasciné par les avions, les trains, les tracteurs et les feux d'artifice. J'essaie de l'inciter à s'intéresser à autre chose mais rien à faire, il faut que ça tire, que ça crache du feu, que ça fasse vroum. On n'est pas à l'abri du drame s'il nous lâche un *Allahou Akbar* dans le bureau du psychologue. Ça m'inquiète sérieusement je vous le dis. Il faut savoir qu'en ce moment Adam passe pas mal de temps avec ma mère et il entend des *takbir* à longueur de journée parce qu'elle suit les retransmissions du pèlerinage grâce au bouquet musulman à 3,99 euros par mois, prélevé sur mon compte ça aussi mais on en parlera une autre fois. En tout cas, tous ces éléments mis bout à bout pourraient suffire à incriminer le gamin. Je vous rappelle que les élections approchent et on le sait bien, dans ces périodes-là, tous les coups sont permis. On pourrait même m'exhorter à me désolidariser de mon propre fils. Vous croyez qu'ils ont prévu des fiches S pour enfants, à leur taille comme pour le textile, genre des fiches XS ? Aux prémices de l'islamisme pour anticiper d'éventuelles radicalisations ? Ça ne m'étonnerait pas, en France, on sait être ingénieux. Qu'est-ce que vous croyez ? On ne s'est pas arrêté au *Concorde* en termes d'innovation, surtout qu'il s'est crashé et qu'on déteste rester sur un échec. Accepter la défaite, ça ne ressemble pas à ce pays. Ici, quand on tombe on se relève plus fort et plus déterminé que jamais. Après l'Indochine, en route pour l'Algérie. Okay, c'est peut-être un mauvais exemple, mais vous avez saisi l'idée.

Ce qui est sûr, c'est qu'avant sa première rencontre avec le Freud discount mandaté par l'académie de Créteil, mon fils va avoir droit à un sacré briefing. Pas envie qu'ils me le placent dans une famille d'accueil endives au jambon-Patrick Sébastien, quelque part dans le Loiret et qu'il oublie définitivement mon visage.

Mme Hibou m'a demandé : « Mais pourquoi M. Morel n'est pas présent à l'entretien ? Il a été convoqué également. C'est important que les deux parents soient là. »

Même réponse qu'aux membres du gang des djellabas devant l'école : « Il travaille », sans la regarder dans les yeux mais plutôt en fixant la charte de la laïcité affichée en immense sur le mur de son bureau. Je m'arrête un instant sur l'article numéro 7 : « La laïcité assure aux élèves une culture commune et partagée. » Je le garde pour moi mais je pense : *Ouais bof*.

Si on a dans ce pays une culture commune et partagée alors pourquoi à 35 ans je suis incapable de vous citer un seul nom d'oiseau hormis le pigeon et le corbeau, les deux espèces les plus aptes à enlaidir davantage un environnement déjà assez laid comme ça ? Je ne vous parle même pas des végétaux. Je n'y connais strictement rien. Quand je suis invitée à dîner chez des amis, je suis plus du genre à passer à la boulangerie acheter des millefeuilles qu'à aller chez le fleuriste prendre un bouquet. Zéro compétence dans ce domaine. Ne me parlez pas des marguerites, elles comptent pour du beurre, ça pousse sur les murs et on a forcément joué à : « il m'aime, un peu, beaucoup, passionnément, à la folie, pas du tout ». Pour être honnête, je trichais systématiquement pour tomber sur « à la folie ». Il faut croire que c'était prophétique. Meilleure façon de s'attirer la poisse et de finir avec un dingo. Sérieux, qu'est-ce que ça veut dire « aimer à la folie » ? Bref, ce que j'en dis c'est que grandir sans le sou dans une cage en béton nous empêche d'avoir une culture commune. Et ce n'est jamais que mon avis.

Marlène, l'institutrice, m'était pourtant assez sympathique jusque-là, avec son look de podcasteuse sans soutien-gorge, sa frange trop courte et pas contre d'essayer avec un « Black » même si elle n'ose pas le dire en public. Je reviendrai sur l'emploi du mot *Black* en 2024 parce qu'il me semble que c'est le mal du siècle en première position devant les douleurs de dos.

Je le dis une fois pour toutes : dans la langue française, il existe déjà un mot pour nommer un Noir, et c'est… *roulement de tambour*… le mot : NOIR. *Tada*.

Juste avant la fin de la réunion, avec sa voix d'émission de radio nocturne, elle ajoute, gênée, qu'Adam « a raconté que papa et maman sont fâchés, et que papa est parti de la maison avec ses affaires que maman a mises dans des sacs poubelles. Nous faisons forcément le lien avec son changement de comportement récent. Il a peut-être besoin d'explications ? »

J'avais envie de lui répondre : « Ne mélange pas tout Marlène. C'est plutôt toi qui ressens ce besoin d'explications parce que ton ex t'a ghostée il y a deux semaines. C'est rude, je sais, il a rompu par sms avec un argument type : "c'est pas toi, c'est moi", et maintenant tu transposes ton désir d'éclaircissements sur mon gamin. »

C'est la vérité, je n'ai pas parlé à Adam, j'avoue.

J'ai honte mais lorsque mon fils m'a demandé : « Il est où papa ? », à lui aussi, j'ai répondu : « Il travaille. »

On pense toujours qu'on fera mieux avec nos enfants que ce qu'ont fait nos parents avec nous.

QUEL CULOT.

On ne fait pas mieux, on fait autrement.

J'ai cru que je serais capable d'avoir cette conversation avec mon petit bonhomme, que je trouverais facilement les mots pour lui expliquer que son papa et sa maman avaient décidé de se séparer. Mais comme l'a chanté

Tracy Chapman : « *Words don't come easily* », ça n'a rien à faire là mais quel album ultime. Je l'avais trouvé en brocante à Drancy, mis à part la piste 3 : *Across the Lines* qui était archirayée, pour un euro ça restait une belle affaire. Cet album de 1988 de Tracy Chapman s'intitulait : *Tracy Chapman*. Elle a sans doute jugé inutile de se prendre la tête pour le titre. C'était avant l'ère du « concept » qui remplace le talent. Bref, je réglerai mes comptes avec les artistes contemporains une autre fois. Ne soyez pas surpris, je vous rappelle que je suis devenue réactionnaire (cf. chapitre 9).

Comme vous l'aurez compris, m'exprimer en vrai, les yeux dans les yeux, ne m'est pas si simple et ce n'est pas nouveau. J'ai l'impression que chaque fois que je parle de mes sentiments, je m'enfonce dans le sol, tirée par une force obscure.

Marlène a raison, pas pour l'utilisation du mot « Black » au lieu de Noir, mais pour les explications dont Adam a besoin.

Quand je le regarde endormi dans son petit lit, bien au chaud grâce au miracle qu'est le chauffage collectif, je m'efforce de retenir un sanglot vieux de quatre cents ans, même âge que notre ami Highlander alias Duncan MacLeod du clan MacLeod, l'immortel né dans les hautes terres d'Écosse. Ma génération a quand même grandi avec ce genre de série capitaliste qui vous amène à penser qu'il n'en restera qu'un et que la meilleure manière d'éliminer la concurrence, c'est de la décapiter. Après on s'étonne de l'état du monde occidental.

Il faut que j'ajoute à ma *liste des choses primordiales dont je dois m'occuper absolument cette semaine* : PARLER À MON FILS.

13.

Bien que complotiste et inapte à la vie de couple, Hamoudi ne s'en sort pas si mal en ce moment. Il a fallu attendre qu'il approche la cinquantaine pour voir à nouveau un mouvement encourageant sur l'encéphalogramme du destin. Je dois avouer que je n'y croyais plus beaucoup. J'étais même sincèrement inquiète.

On ne le répétera jamais assez : le RSA n'est pas un trait de personnalité. Et faire des paris sportifs au bar PMU de la gare n'est pas non plus une activité considérée comme un *hobby* qu'on note en dernière ligne du CV, n'en déplaise à certains.

Il faut reconnaître qu'Hamoudi était au point mort. Ces dernières années, chaque fois qu'il a fait face à un échec, il a mis ça sur le compte de la séparation. Toujours à invoquer cet adage insupportable : « Un seul être vous manque et tout est dépeuplé. » Ça me fout à bout. Avec toute l'empathie que m'inspire mon vieil ami, à la longue ça énerve. Il faut bien en sortir, du chagrin, et se relever les manches. Cette phrase m'exaspère de faiblesse, en plus d'apparaître dans le premier couplet de la chanson *Vanina* de Dave, sortie en 1974. Bon, OK, c'est d'abord un alexandrin de Lamartine mais si vous connaissez cette phrase, c'est surtout grâce à Dave, admettez-le enfin. Vous me voyez à présent obligée de faire une parenthèse sur le chanteur Dave qui est probablement une personne charmante dont on peut souligner la constance capillaire, et c'est une ancienne coiffeuse qui vous le dit. Mais il faut aussi évoquer cet accent néerlandais qu'il n'a jamais fait l'effort de gommer, ni même d'atténuer alors qu'il a plus de cinquante ans de carrière en France. Moi, ça ne me dérange pas, je souligne seulement que quand il s'agit de l'accent marocain de ma mère, on fait preuve de beaucoup moins d'indulgence bizarrement. Ce que je dis, c'est qu'en matière d'accents persistants, on constate une justice à deux vitesses. Soyez tranquilles, je ne cherche pas ici à créer une compétition entre Yasmina et Dave. S'ils font un duo, je vous assure que je serai aux premières loges, je suis même prête à produire l'album.

« Un seul être vous manque et tout est dépeuplé », non vraiment, c'est un proverbe exaspérant. Pourquoi ? Tout simplement parce que c'est une mauvaise idée de placer tous ses espoirs en une seule et même personne. Au casino de la vie, je ne prendrais pas le risque de tout miser sur quelqu'un, y compris sur moi-même.

En tout cas, je suis heureuse que ça commence à bouger pour Hamoudi. Espérons que ça dure.

Hier soir, il m'a laissé un message audio de quatre minutes sur WhatsApp afin de partager avec moi la bonne nouvelle.

À ce propos, je ne trouve pas le courage de lui demander de réduire la durée de ses vocaux mais rendez-vous compte, quatre minutes quand même. Je crois que j'ai trop de respect pour lui et que ça me rend lâche mais Dieu m'est témoin, j'ai tellement envie de lui dire qu'à ce prix-là, autant composer une instrumentale pour prétendre à une nomination aux Grammy Awards, parce que sérieusement, quatre minutes, c'est une chanson de Queen, pas un message audio. Même quand il a enregistré l'appel du 18 juin 1940, le général de Gaulle a fait plus concis pour ne pas décourager les troupes. Obligée d'écouter Hamoudi en vitesse accélérée × 1,5 parce que je n'ose pas aborder le sujet avec lui, de même pour les vidéos YouTube problématiques. Dans les dernières en date, on apprend que Vladimir Poutine en est à sa huitième réincarnation terrestre et que le président Macron a signé un pacte avec le diable en utilisant un Waterman, une marque de stylos sataniques.

Hamoudi va peut-être enfin revenir parmi nous, je veux dire dans le monde réel. Je sens qu'il commence à entrevoir la lumière au bout du tunnel. Je veux bien sûr parler de ce long tunnel qu'est la vie, ce long tunnel sombre, humide et sinueux qu'est la vie, ce long tunnel sombre, humide et sinueux qu'est la vie d'un homme arabe en France.

Un jour, il m'a dit : « Tu sais Doria, j'ai 48 ans, et si on réfléchit au nombre d'interactions que j'ai eues avec la police, statistiquement, j'ai de la chance d'être en vie. »

C'est clair que si on voit les choses sous cet angle, mon copain Hamoudi est un veinard. C'est une chose qu'on apprend à faire pour survivre : relativiser sa situation.

La conseillère Pôle Emploi d'Hamoudi, Laure (non, je ne blaguais pas quand je vous disais qu'il l'appelait par son prénom), vient de lui proposer de bénéficier d'une formation pour devenir moniteur d'auto-école. Bien sûr, il a sauté sur l'occasion.

Après tout, au vu du nombre d'heures passées au volant à écouter Earth, Wind and Fire et James Brown, difficile de trouver plus qualifié pour ce métier. On peut dire qu'Hamoudi a usé la gomme. Un véritable as du volant. Ça faisait partie de sa panoplie de play-boy. D'ailleurs, quand il était plus jeune, il adorait changer de voiture. À l'époque où j'étais au lycée pro, il venait me chercher dans sa Renault 19 Baccara aux phares jaunes qui rendent aveugle. Ça en jetait un max en l'an 2000. Je peux vous dire que mes camarades avaient bien le seum parce que c'est moi qui avais la chance de poser mon petit *bobara* côté passager.

Je ne sais même pas pourquoi il n'y a pas pensé plus tôt à devenir moniteur auto-école. D'ailleurs, si vous avez bien suivi : ROULER, c'est un peu la spécialité d'Hamoudi. Bon, OK, pour ceux d'entre vous qui trouvent que la drogue n'est pas un sujet comique, je m'excuse.

L'humour : 9 – Doria : 0

En parlant de ça, concernant la consommation de stupéfiants, ça va en surprendre plus d'un mais aujourd'hui, Hamoudi est *clean*. J'avais oublié de le spécifier : il a cessé de fumer le chichon juste après sa rupture avec Lila.

D'aucuns diront *trop tard*, mais d'autres, plus cléments, concéderont qu'il vaut mieux tard que jamais. Hamoudi a perdu la femme qu'il aime mais il a gagné une chance de vivre plus longtemps et de conserver quelques dents et quelques neurones. Ça pourrait encore servir d'ici la fin du monde.

Ne faites pas semblant d'ignorer que c'est pour bientôt. Il vous suffit de regarder autour de vous. Certaines espèces animales disparaissent dans l'indifférence générale. Il fait 30 degrés en Bretagne au mois de novembre et on trouve du plastique plein les océans et surtout, plein le corps des femmes. Je ne blague pas, vous avez vu toutes ces lèvres boursouflées un peu partout dans les rues ?! Je connais même des filles qui s'empêchent de rire pour éviter une déchirure de la bouche : *una lágrima en la boca*. Je crois qu'il n'est plus nécessaire d'argumenter sur mon emploi de l'espagnol dans certaines situations.

Arrivera un temps où ce sera inscrit sur des frises historiques chronologiques et affichées dans des salles de classe, croyez-moi. Comme la préhistoire et le Moyen Âge, il y aura un Botox-âge. Parce que là, on est carrément encerclés, comme les Arabes à Poitiers en 732. Ça déborde de partout. Vous croyez peut-être que c'est naturel d'avoir des pommettes sur les tempes, un nez de quatre millimètres et trois paires de fesses ? Moi, ça m'angoisse. À cette allure-là, on va tous finir par avoir la même figure. Il ne faudra pas s'étonner quand les générations futures regarderont notre époque avec colère en se disant : « C'est à cause de ces abrutis que notre civilisation s'est effondrée ! » Ces dernières années, des *entrepreneuses* irresponsables opèrent sans diplôme et à des tarifs accessibles depuis leur domicile. Elles font signer des décharges à des adolescentes qui veulent ressembler à leurs influenceuses préférées. Il arrive que ça tourne mal et que des gamines se retrouvent complètement défigurées. Qu'est-ce qu'on a loupé pour que des mômes de 16 ans se détestent au point qu'elles préfèrent ne plus se ressembler ? À ma connaissance, il n'y a aucun pays au monde ou le CAP esthétique a une équivalence avec un doctorat. J'ai beaucoup de compassion pour ces braves filles qui passent leurs journées à épiler des raies et des aisselles, mais je suis navrée, une esthéticienne ne doit pas s'autoproclamer médecin et réaliser des opérations dans son appartement.

Les femmes des classes populaires sont des crash tests grandeur nature, quand quelque chose ne tourne pas rond dans ce monde, vous pouvez être sûrs qu'elles sont les premières à en faire les frais.

Cet été, j'ai croisé Cindy, une fille avec qui j'ai fait mon stage en institut il y a longtemps. Je faisais les courses au centre commercial, alors que j'étais en train de céder à la demande d'Adam de faire un tour de manège : « Un seul s't'euplaît maman, s't'euplaît ! »

Un seul tour de manège, c'est bien ce qui a suffi à te faire arriver sur cette Terre mon fils. Sans vouloir te révéler des détails intimes sur ton père, avec lui, c'était loin d'être le grand huit, et au niveau des sensations, on était proche de zéro. Ne commencez pas à appeler les services sociaux, je garderai cette information secrète pour épargner mon enfant. Pas envie de le détruire. Et si ça peut vous rassurer, mon fils a été vraiment désiré. Vous l'aurez bien compris, c'est son père qui l'était un peu moins. Contrairement à James Brown, c'est loin d'être une machine.

Malgré mes efforts pour avoir l'air d'une daronne respectable et structurante, je lâche un : « bon d'accord mais un seul tour alors » dépourvu de la moindre empreinte d'autorité, tout ça d'une voix chevrotante. Quand je pense que ma mère n'avait qu'à dire un mot, un seul, en trois lettres : « NON ».

Personnellement, j'ai bien trop de mal à résister à mon gamin. Parti comme c'est parti, il va finir par me faire des clefs de bras pour m'obliger à lui donner de l'argent dans le but de rembourser le cartel pour lequel il travaille. Ne plaisantez pas, peut-être que d'ici dix ans, il y aura vraiment des cartels en Seine-Saint-Denis ! Vous n'avez pas la télévision ou quoi ? Pas impossible au regard des prévisions sur les chaînes d'info en continu. C'est un peu comme des prévisions climatiques mais d'une météo raciste.

Où j'en étais déjà ? Ah oui, le centre commercial. Alors que j'aide Adam à monter dans la montgolfière bleue du minicarrousel de l'allée centrale, juste en face de la boutique *cosmétique chic*, qui je dois dire, est tout sauf chic, j'aperçois Cindy.

Du moins, une femme qui ressemble à Cindy. Parce que moi, je connaissais Cindy *the origins*, à l'époque où elle était encore dans sa version artisanale. Vous connaissez ces émissions américaines type *Relooking Extreme* ? Pensez à ce moment où ils se confrontent au miroir pour la première fois, après des mois de transformation. Dans leur regard, cette sidération face au reflet, voilà, j'étais exactement dans cet état-là.

La première chose qui me saute aux yeux, c'est une énorme poitrine qui s'avance vers moi. Un truc tellement conséquent que ça défiait la loi universelle de gravitation. Grosse pensée pour Isaac Newton qui a pourtant fait un boulot assez sérieux et convaincant, mais c'était sans compter sur cette chère Cindy Delannoy, mon ex-collègue originaire de Fécamp et dont le père était sous-lieutenant de gendarmerie, bien qu'elle l'ait toujours nié. Ses seins étaient si gros qu'ils avaient de l'avance sur elle. Croyez-le ou non, ils m'ont prévenue de son arrivée. Mon fils n'est pas le seul à avoir choisi le thème montgolfière pour faire un tour de manège apparemment. N'allez pas vous imaginer que je suis jalouse ou je ne sais quoi. C'est vrai que je coupais les seins des Barbie quand j'étais enfant, enfin des « Françoises », c'est ainsi que je surnommais ces poupées en plastique imitation Barbie auxquelles j'avais droit pour jouer. En tout cas, à l'époque où je l'ai connue, elle avait encore moins de seins que moi la Cindy.

Comme vous le savez, en matière de poitrine, je n'ai pas été dotée comme je l'aurais espéré. La fin de la croissance n'y a rien changé autant vous le dire. L'infirmière du lycée m'avait pourtant encouragée : « patience, ça viendra », et j'ai tenté de suivre son conseil. J'ai eu beau attendre, il ne s'est pas produit grand-chose. Parfois, il faut simplement accepter son sort. La vie est ainsi faite. Avoir de gros lolos ne faisait pas partie du plan. Dieu m'a faite marrante, c'est déjà pas mal.

Franchement si j'ai à choisir entre avoir une grosse poitrine et du second degré, je n'hésiterai pas longtemps. Parce que sans humour, j'aurais sans doute mis fin à mes jours en m'étouffant dans mes deux gros ballons, qui ne m'auraient été d'aucune utilité pour survivre à la bêtise du monde.

Lorsqu'elle arrive à mon niveau, j'ai vraiment du mal à la reconnaître. Il n'y a plus rien de semblable à mon souvenir. Dans ma tête, je joue au jeu des 7 erreurs niveau difficile. J'essaie de rester cool, et de ne pas donner l'impression de la scruter dans les moindres détails comme si je devais identifier son cadavre à l'institut médico-légal, mais pas si évident d'ignorer l'ampleur de la rénovation. On dirait les immeubles de la cité du Paradis après le grand rafraîchissement de 2016 grâce au nouveau maire.

Après les politesses d'usage, « ça va ? qu'est-ce que tu deviens ? c'est ton fils ? oh trop mignon ! t'habites toujours ici ? » et mes réponses plus qu'évasives, Cindy embraie rapidement sur sa vie, son œuvre, avec un débit d'une lenteur qui m'a obligée à payer 2 euros supplémentaires au forain sédentarisé de la galerie commerciale pour qu'Adam fasse un nouveau tour. Deux euros et un nouveau coup de canif dans mon autorité maternelle qui était déjà en piètre état.

Cindy me raconte fièrement qu'elle exerce son activité à Vitry-sur-Seine, chez elle, dans son T3 orienté sud, « 1 200 balles de loyer mais avec les APL, ça va, j'm'en sors pour 900, j'déclare pas tout t'as vu (rires ndlr) ».

Je mets ndlr parce que j'ai vu ça dans un paquet d'interviews et ce sigle est resté mystérieux pendant longtemps avant que je découvre que ça signifiait simplement « Note de la rédaction ». J'ai été archidéçue. Bref. Fin de la digression sans aucun rapport avec le sujet qui nous concerne, c'est-à-dire : docteur Cindy big lolos.

Elle pratique donc des soins de médecine esthétique sans la moindre compétence médicale mais comme elle a encadré et accroché au mur des pseudo-certificats d'aptitude à faire des chatouilles et à mettre du vernis à ongles, ça rassure ses *patientes* comme elle les appelle avec tendresse. Cindy est si fière de dire :

« je travaille à mon compte ». Si fière d'installer sa table de massage pliante acquise grâce à une vente flash Amazon au milieu du salon. Si fière de ses photos *avant-après* qu'elle poste en story permanente sur Instagram. Et si fière de la marge effectuée sur les injections de toxine botulique *made in China* qu'elle se procure chez un fournisseur dont il est impossible de remonter la trace.

J'ai failli lui demander si son père était au courant de ses activités illégales, puis je me suis ravisée. À quoi bon l'embarrasser en sous-entendant que je sais que son daron est gendarme et pas cuisinier à la brasserie de la gare comme elle le prétend ?

Cindy se débrouille comme elle peut, comme beaucoup d'entre nous et au fond, avoir un père gendarme ne protège pas de la violence du monde, surtout quand il se charge de l'exercer. Si elle a honte d'en parler, ce n'est probablement pas un hasard.

Beaucoup de filles n'ont pas de quoi être fières de leur papa. Ce n'est pas moi qui vous dirai le contraire.

14.

Je le savais déjà à 15 ans, il est difficile d'échapper à son sort. Mieux vaut l'accepter que de lutter contre ce grand mystère qu'on appelle le destin. Personnellement, je ne suis pas une adepte des énigmes. Je choisis de me laisser guider. On ne sait jamais des fois qu'il y ait de bonnes surprises.

J'aurais tellement de choses à dire à l'ancienne Doria. Si seulement je pouvais m'asseoir près d'elle, sur le canapé acheté chez FLY en 2001 grâce au prêt CAF *Mobilier et Ménager*. Comme quoi, elles n'ont pas toujours été nulles les assistantes sociales du secteur. Je me souviens que l'ancienne Doria adorait ce canapé. Il était en similicuir crème et avait deux repose-tête. C'était le futur posé au milieu du salon. Pour la première fois, elle possédait quelque chose de neuf. Ça détonnait au milieu du bric-à-brac récolté par Yasmina à Emmaüs, ou en brocante. Il était permis de s'asseoir dedans uniquement si l'Autre n'était pas à la maison, c'est comme ça qu'elle parlait de son père le plus souvent. En ce temps-là, elle aimait encore les dessins animés, par exemple *Dragon Ball Z* et *Princesse Sarah*, ça lui donnait l'impression de prolonger une enfance qui n'en était pas tellement une. Sur les accoudoirs, il y avait des traces brunes qui témoignaient des nuits où il s'endormait bourré devant la télé, une cigarette allumée à la main. Angoissée qu'il finisse par incendier l'appartement et elle avec, l'ancienne Yasmina le surveillait par l'embrasure de la porte de la chambre, la trouille au ventre, parfois jusqu'au petit matin. Lorsqu'elle voyait sa tête commencer à s'alourdir jusqu'à tomber enfin, elle récupérait vite la cigarette pour l'éteindre de justesse, en faisant bien gaffe de ne pas le réveiller, comme on prend garde au dragon à l'entrée du château. Elle l'enjambait doucement pour ramasser ses bouteilles en verre et vider le contenu du cendrier dans la poubelle de la cuisine. Pour finir, elle allait chercher la grosse couverture motif tigre du Bengale achetée au marché et la lui remontait jusque sur les épaules de crainte qu'il n'attrape froid quand les effets de la bière passeraient et que la température de son corps diminuerait.

Seulement après ça, l'ancienne Yasmina effectuait ses ablutions pour faire sa prière de *Fajr*. Elle demandait pardon pour ses péchés à lui.

Difficile de comprendre la sollicitude de sa mère envers l'Autre.

L'ancienne Doria ne montrait jamais sa peine, son inquiétude ou sa colère. Elle se contentait d'empiler ce genre d'images dans le dark album photo qui était coincé dans sa tête. Elle se préoccupait trop de préserver sa maman pour oser se plaindre.

Et les jours où l'Autre rentrait contrarié parce qu'il avait perdu ses paris au tiercé ou qu'il s'était senti humilié à cause du contremaître à l'usine, elle savait que ça risquait de démarrer à tout moment. D'ailleurs, l'ancienne Doria a été persuadée longtemps que les gens qui travaillaient à l'usine comme son père étaient usés et que tous finissaient par mourir d'usure. Elle pensait que son père était employé par une fabrique à user les hommes, et qu'ensuite, par la force des choses, à leur tour, ils usaient les femmes.

Elle était devenue experte pour sentir grandir la tension. Voir le danger arriver. Pour un rien, un robinet qui goutte, un volet ouvert, une tante qui fait sonner le téléphone pendant sa sieste, trop de poivre ou pas assez de sel, un mauvais café, pour un soupir ou une porte qui claque à cause d'un courant d'air, ce père aux yeux mauvais pouvait se jeter sur sa femme d'un bond.

Les yeux de mon père, d'un vert magnifique et dont j'ai hérité sans le voile de la haine pour les obscurcir.

Quand sa violence s'abattait, l'ancienne Doria tentait de s'interposer, presque chaque fois. Elle se jetait sur lui pour l'arracher de là, pour l'empêcher de frapper, elle agrippait et tirait vers elle les longs bras décharnés aux veines saillantes dans lesquels se trouvait une force insoupçonnable. Elle s'en prenait une ou deux par accident, mais ce n'est pas elle qu'il visait. À l'époque, elle aurait juré que ça durait des heures, pourtant ce n'était la plupart du temps qu'une brève minute d'acharnement mais dont les traces restent toute la vie. Quand le silence revenait, lourd et grave, sa mère remettait en ordre ses cheveux qui étaient encore bruns en ce temps-là, elle renouait son foulard vert en chuchotant des mots qu'elle n'adressait pas à sa fille mais à Allah, son seul confident. L'ancienne Doria baissait les yeux avec tristesse, elle n'était malheureusement pas douée pour consoler sa mère. Elle se sentait inutile et coupable de ne pas être un meilleur rempart.

L'ancienne Yasmina, quant à elle, s'essuyait les joues et reprenait ses besognes en cuisine, comme s'il n'était rien arrivé de si grave, mais dans ses yeux on pouvait lire de la honte, celle de sa faute originelle : ne pas avoir enfanté de garçon de son ventre ingrat.

C'est pourquoi l'ancienne Doria avait la ferme conviction d'être la source du malheur. Si seulement elle n'était pas née fille, tout serait différent. Elle croira aussi pendant un bout de temps qu'être un homme qui ne boit pas et qui ne lève pas la main sur sa femme suffit à être un homme bon.

Je donnerais tout pour poser une main compatissante sur l'épaule de l'ancienne Doria et lui promettre que ça s'arrêtera bientôt avec l'Autre parce qu'il n'allait plus tarder à prendre la poudre d'escampette pour épouser une vague cousine de vingt ans de moins que lui. J'essaierais d'apaiser sa colère d'adolescente en lui rappelant que cette femme non plus n'a rien demandé. Elle s'appelle Qayma, et vit dans un petit village du nord du Maroc où il n'y avait toujours pas l'électricité ni l'eau courante en 2004. Précocement déclarée *vieille fille*, c'était une paysanne charnue à la peau mate, aux lèvres brunes, et aux mains étrangement douces pour la vie qu'elle menait. Déjà toute jeune, elle faisait l'équivalent du travail de trois hommes dans les champs, enfin à ce qu'on m'a dit. La pauvre, je n'affirme pas qu'elle avait une vie facile avant d'épouser mon père, mais au moins, elle dormait seule. Pouvait-elle s'imaginer mariée à un immigré, ouvrier à la retraite, vilain, alcoolique, nerveux et violent ? Ce n'était sûrement pas ce dont rêvait cette pauvre femme. Maintenant, je le sais, que toutes les filles ont des rêves, qu'elles l'avouent ou non, qu'elles rêvent à haute voix ou en silence dans un carnet intime à l'encre rose, qu'elles soient dans un HLM du 9.3 ou au village, assises à l'ombre d'un olivier. Elles rêvent. Pour l'ancienne Doria, du haut de ses 15 ans, Qayma n'était qu'une vulgaire blédarde que son père a préférée à sa maman, abandonnée et couverte de honte, et sur laquelle on a jeté le manteau du déshonneur pour toujours. À 15 ans, il lui était impossible d'avoir de la compassion pour cette femme contrainte à une noce malheureuse.

Je voudrais dire à l'ancienne Doria qu'elle finira par se pardonner un jour, à elle et peut-être même à son père. J'aimerais lui dire qu'elle mérite de vivre dans la joie, et qu'être une fille, même si tout tend à prouver le contraire, ce n'est pas une malédiction mais une grâce.

15.

Vous vous rappelez quand un président a dit qu'il suffisait de traverser la rue pour trouver un emploi ?

Moi, si je traverse la rue, je me retrouve face à un point de vente dans mon quartier à Bondy. Ne m'obligez pas à vous dire que j'y ai déjà songé. Les temps sont durs et je suis bientôt en fin de droits. Mais sincèrement, ce serait triste à mon âge de rester assise sur une chaise de pêche Decathlon toute la journée pour vendre du teu-teu à Fred le cycliste, 20 balles les 3 grammes, tout ça en m'enfilant des chicken burgers sauce Pita et des canettes de Tropico. Je passerais mon temps à me demander ce qui est le pire entre la prison et le diabète de type 2. En plus, il me manque un accessoire indispensable à l'exercice de ce job : une sacoche Gucci from Bangkok.

L'excuse d'avoir chopé le covid ne fait malheureusement plus aucun effet aux agents de

Pôle Emploi. C'est devenu aussi banal qu'un rhume alors qu'avant, rien qu'au téléphone, je pouvais les sentir frémir de trouille, je parie qu'ils éloignaient le combiné pour me parler. C'était le même niveau de panique que le sida au début des années 80, ce qui m'avait bien servi pour esquiver mes convocations et mon bilan de compétences, je l'avoue. Je ne compte plus les mails de désistement que j'ai envoyés avec en pièce jointe la photo d'une main tenant fébrilement un test antigénique positif, trouvée au hasard sur Google Images.

Avoir attrapé ce virus dans les premiers mois faisait de vous un héros. On vous pardonnait tout. Vous étiez plus respecté qu'un vétéran du Vietnam. Je parle de ceux qui en réchappaient parce que souvenez-vous des chiffres, cette saloperie tuait et on en avait tous peur. J'ai dit que je ne mentionnerais plus le covid mais quand même, à peine on annonçait l'avoir contracté qu'il y avait des pigistes qui se mettaient à rédiger votre notice nécrologique. Hamoudi, fier et jamais vacciné, vous expliquerait que c'est un coup du lobby de l'industrie pharmaceutique et des loges maçonniques qui nous utilisent pour jouer aux Sims grandeur nature et à l'échelle mondiale. S'ils essayaient de savoir jusqu'à quel point ils peuvent nous contrôler, je crois qu'ils ont la réponse maintenant. Toute cette histoire est derrière nous. Je ne connais qu'une personne de mon entourage qui est nostalgique de la période covid : c'est Rita, parce qu'elle trouvait ça fabuleux de ne plus devoir s'inquiéter de s'épiler la moustache grâce au port du masque.

Après un long suspense, j'ai eu des nouvelles de Steve.

Mon ex jurassien m'a annoncé (par sms) qu'après avoir quitté la maison (été mis à la porte) et pris ce temps de recul et de réflexion dont il avait besoin (un mois et demi sans voir son fils) il avait enfin pris sa décision : il ne souhaite pas se séparer et il veut qu'on se donne une nouvelle chance. Il écrit aussi que si je m'entête à demander le divorce, il refusera le consentement mutuel et je devrai « assumer » le long et pénible parcours d'un divorce par altération définitive du lien conjugal. Parce que comme lui n'est pas d'accord, il ne fera aucun effort.

Quand j'ai lu ces mots : « j'ai enfin pris MA décision », mes nerfs sont montés si brutalement que ça a dû provoquer un séisme dont on a ressenti les effets jusqu'à Chihuahua au Mexique. Oui, c'est une ville qui porte un nom de chien, mais c'est peut-être l'inverse, un chien qui porte un nom de ville ? Qu'est-ce qu'on en sait ?

Je pense qu'il est urgent d'adresser à Steve un courrier recommandé avec accusé de réception afin de l'informer au plus vite que NOUS AVONS QUITTÉ LE XIXe SIÈCLE, et lui suggérer de nous rejoindre au XXIe sans plus attendre. Il a cru que j'allais laisser passer ma vie aussi bêtement ? que le reste de mes jours seraient employés à imaginer tout le bonheur que je n'ai pas eu le courage de goûter ? Tout ça en regardant au-dehors par une vitre embuée pendant que je raccommode ses vêtements ? Parce qu'il a pris SA décision ?

J'ai été beaucoup trop gentille avec lui. Gentille au point de lui faire oublier que j'ai une voix, une volonté et que je dirige ma vie seule. Si mon père s'est barré quand j'avais 15 ans, ce n'est pas pour vivre avec son suppléant aujourd'hui.

S'il y a bien une chose que j'ai apprise ces vingt dernières années, c'est que je n'ai pas besoin d'un père. Et ces vingt derniers jours, que je n'ai pas besoin d'un mari non plus.

Je vais conduire mon propre camion. Et son chantage, il peut se le ranger là où je pense, juste à côté de son badge Darty.

Qu'il aille en enfer. Non, pire, qu'il aille dans le Jura vivre avec sa famille de Juracistes.

À 15 ans, je vous rappelle que je voulais épouser MacGyver, l'homme à tout faire courageux et fort. Je n'en ratais pas un épisode. Et là, vingt ans plus tard, je suis engluée dans une relation nulle avec un ringard démonstrateur en appareils électroménagers qui se prend pour un as. Qu'est-ce qui a déconné ?

En tout cas, je ne me laisserai pas intimider. J'ai encore pas mal d'armes en ma possession, tenez-vous prêts. Pas besoin d'avoir lu *L'Art de la guerre* de Sun Tzu pour déployer une stratégie efficace.

J'attends juste le bon moment pour les révélations chocs parce que je vous signale que je n'ai encore rien dit sur la boîte en carton *CoquinCoquine – Erotic Store* planquée dans le garage de ses parents. J'aurais aimé ne jamais tomber dessus, je vous assure. Je vous passe les détails mais il y avait, entre autres, un joystick qui portait l'inscription : « *toy stimulation prostate* ». Bon courage après ça pour boire le café avec Bruno, mon ex-beau-père, sans y penser. Avant, je croyais que c'était un examen sérieux qui se pratiquait chez l'urologue pour détecter le cancer mais je suis peut-être trop naïve.

Ça fait quatre ans que je tiens le secret du joujou en silicone des beaux-parents, *guarda el secreto.*

Je les revois, pressés de monter se coucher avant même qu'on soit passés au dessert. Ce soir-là, ils nous avaient tout laissé en plan, y compris le replay de *Silence ça pousse*, l'émission de jardinage dont il est ultrafan mais qu'il regarde uniquement dans l'objectif de critiquer leur manière de planter les tomates. Claude-Marie nous avait aussi posé une pyramide de Flamby sur la table, les seuls yaourts qu'elle achète parce qu'ils sont souvent en promo, ainsi que sa fameuse « farandole de fromages du Jura », d'ailleurs à cause d'elle, je ne peux plus voir le comté en peinture. Tu me diras, l'avantage de les avoir fréquentés, c'est que je m'y connais mieux en fromages au moins. Avant, ça se limitait au Babybel et aux carrés ail et fines herbes de chez Lidl.

Bien sûr, comme chaque fois, aucun des deux n'avait pris la peine de débarrasser. C'était une habitude quand j'étais là de me laisser la vaisselle sale. L'inconscient collectif, c'est fascinant. S'il y a une femme arabe dans le coin, c'est bien normal qu'elle se charge des basses besognes. Ils doivent imaginer qu'on a des prédispositions pour le ménage. Petit point scientifique : passer le balai et laver des assiettes n'est pas considéré comme un héritage génétique. Le pire, c'est que je le faisais par principe. Pour moi, c'était une question d'éducation. J'étais aussi la seule à ôter mes chaussures en entrant dans la maison. Chez eux, je mettais toujours la main à la pâte. Quitte à faire des choses qu'on ne m'avait même pas demandées. Comme les vitres par exemple. En guise de remerciements, il fallait se contenter d'une phrase idiote du genre : « Ah bah on y voit plus clair maintenant. » Ma mère m'a appris à me rendre utile et c'est devenu une façon de me rendre aimable, je crois. Les deux se confondent. Être utile pour être aimée, ou digne de l'être. Un truc dans le genre.

« Bon allez les enfants, c'est pas tout ça mais nous on va se coucher hein **Soupir** J'suis épuisé moi, pas toi maman ? **Bâillement exagéré** Il se fait tard. »

Oui, il appelle sa femme maman. Ça me dépasse mais je ne juge pas.

L'autre, pendant qu'il parlait, il faisait style de remettre les guirlandes bien en place sur le sapin et il secouait un peu les boules. Au début, je me demandais ce qu'il fabriquait, ensuite j'ai compris que c'était leur signe de ralliement.

À chaque embrouille, me vient une envie folle de balancer ça à la poire de Steve. Heureusement que j'ai retenu la bête tout ce temps-là, mais croyez bien que j'ai l'index qui tremble juste au-dessus du bouton rouge à présent.

Bruno n'est pas méchant, d'ailleurs je le préfère à Claude-Marie. Il est juste un peu embarrassant, mais s'il évite de parler politique, on passe l'éponge sur ses postillons de type flaques. Ça ne me manquera pas non plus cette manie qu'il a de vous raconter une blague lourde, le plus souvent misogyne, en vous regardant bien droit dans les yeux jusqu'à vous obliger à rire. C'est horrible. Une forme de torture si vous voulez mon avis.

Je dois me retrousser les manches et me lancer dans un nouveau défi professionnel parce que ce n'est pas avec le RSA que je vais pouvoir me payer une avocate.

En tout cas, tout sauf retourner à la coiffure. C'est au-dessus de mes forces. J'aimerais vous y voir. Après une longue errance d'employée de salons de chaîne, de ceux qu'on trouve dans les centres commerciaux, je n'ai plus supporté de coiffer les ex-coups d'un soir de Claude François. Parce que Belinda maintenant elle a 89 ans, elle se maquille encore alors qu'elle déborde comme dans les coloriages des tout-petits. Et puis Belinda, elle n'a plus le front blond, puisqu'il lui reste un poil sur le caillou même si elle s'obstine à demander une mise en plis « pour ressembler aux drôles de dames ». En plus, passé un certain âge, le crâne redevient mou comme celui des bébés j'ai remarqué. Au bac à shampooing, je craignais l'incident. En appuyant un peu trop fort sur la fontanelle, je n'étais pas à l'abri de foutre mes doigts dans un cerveau de vieille et qui sait ce que j'y aurais trouvé ? Sûrement le souvenir bien enfoui des lettres rédigées à la main par papa en 1941 et adressées à l'Administration pour signaler la présence d'une famille juive dans l'immeuble. Va savoir quoi d'autre encore. Alors qu'à les écouter y avait que des Jean Moulin dans ce pays. Bref. Mieux vaut remettre le pansement sur la plaie de la collaboration et la laisser continuer de s'infecter si ça leur fait plaisir.

L'objectif de cette mascarade, c'était de lui vendre une gamme de soins capillaires dont elle n'avait évidemment pas besoin, pour une somme dont elle aurait bientôt vraiment besoin (prélèvement mensuel EHPAD). Malgré toute ma bonne volonté, ma vieille cliente trop optimiste sortait de là avec une coiffure en forme de casque. On aurait juré qu'elle s'apprêtait à enfourcher sa mobylette. C'était très loin des drôles de dames mais assez proche d'un drôle de *drame*.

L'humour : 10 – Doria : 0

Je n'ai pas dit mon dernier – jeu de – mot.

Coiffeuse de chaîne, c'est la version usine de mon métier. Malheureusement, je ne suis pas très bonne menteuse, heu… commerciale pardon. Ma responsable m'avait particulièrement engueulée ce jour-là : « Doria, nous avons des objectifs ! » Visiblement pas les mêmes que les miens. Après ça, j'ai fini par démissionner. S'est ensuivie une période assez joyeuse que j'ai intitulée : le retour aux sources. Parfois, être parmi les siens est nécessaire pour se réaligner. J'ai donc travaillé dans un salon de coiffure et d'esthétique tenu par Sabah, une Marocaine bio authentique sans colorant ni conservateur, c'est-à-dire : née au Maroc. Ces gens-là, on les reconnaît à leur courage devant les sons les plus extrêmes de la langue arabe comme le ق / Q de Qahwa par exemple. Ce genre de mots, parfaitement prononcés, racontent mieux vos liens avec le bled que n'importe quel tampon sur un passeport. En plus, avec maman, on n'a pas mis les pieds au Maroc depuis vingt ans, alors disons que j'avais trouvé une manière de m'y rendre tous les matins.

Le salon se trouvait à Aulnay-sous-Bois, près du marché, et s'appelait Chez Sabah, le prénom de la patronne, en toute simplicité, un peu comme le titre de l'album de Tracy Chapman.

L'ennui là-bas, c'était le *sans rendez-vous*. Et aussi la fermeture à 20 h 30. Et les quatre bises à chaque fois qu'une habituée entrait. Je précise que le statut d'habituée s'acquiert à partir du deuxième brushing. Ainsi que les produits achetés chez un grossiste peu scrupuleux qui rendent les mains aussi rêches que les longueurs décolorées de certaines clientes, dont celle qui les décapait tellement que je la surnommais l'épouvantail du Rif. C'était un joyeux bordel qui me plaisait au début, puis le bordel a dépassé la joie quand régulièrement, sur la fiche de paie, je constatais les « oublis » de comptabiliser mes heures supplémentaires.

J'ai pensé à aller aux prud'hommes pour faire valoir mes droits. Et puis, découragée par les démarches exposées par la dame du syndicat qui m'a reçue, j'ai lâché l'affaire. Pas assez de preuves, impossibilité de réunir le moindre témoignage en ma faveur. Je voyais mal l'épouvantail du Rif m'offrir son soutien.

Quand il m'arrive de croiser mon ex-patronne, on s'embrasse chaleureusement comme si de rien n'était.

Ensuite, il y a eu Adam.

J'ai arrêté de travailler pendant trois ans pour l'élever, avec l'aide de ma chère mère évidemment, tandis que Steve, lui, enchaînait les missions intérim : livraison, déménagement, service technique, installation des équipements au parc des expositions de la porte de Versailles pour différents salons, et encore quelques autres métiers nécessitant de conduire un camion.

C'était instable jusqu'à ce qu'il obtienne son CDI de vendeur chez Darty, et sa chemise à poche en polyester à laquelle, un jour, il a accroché un badge avec son nom imprimé dessus. Le début de son triomphe. *El comienzo de su triunfo.*

Quand j'y pense, le camion, c'était peut-être la dernière raison pour laquelle j'admirais Steve. Les premiers temps, il me faisait monter dedans pour rouler la nuit et me faire découvrir de la bonne musique, des sons qu'on n'entendait pas à la radio. J'aimais bien regarder le reflet du feu rouge sur son visage. On n'avait pas de problèmes sérieux. On mangeait n'importe quoi et on grossissait à peine. Ça nous arrivait de nous réveiller à 11 heures le dimanche et de nous recoucher immédiatement parce qu'on estimait qu'on n'avait pas assez dormi. On adorait s'emmitoufler dans notre couette bon marché qui ne réchauffait pas et qu'on amenait au Lavomatic parce qu'il avait fallu attendre un peu avant de pouvoir se payer une machine à laver.

Et quand on réalisait qu'on avait faim, on allait chercher du pain de mie et des tranches de jambon de dinde pour se faire des « casse-croûte ».

Une fois enceinte, j'avais tout le temps peur de perdre mon bébé. J'étais obsédée par l'idée d'écouter son cœur le plus souvent possible alors j'avais pris plusieurs rendez-vous de contrôle trimestriels dans différents centres d'échographie pour me rassurer. Lui, il trouvait que j'en faisais trop. Ce n'était pas un sentimental. Même si je dois dire qu'à la naissance d'Adam il a pleuré.

Tout de suite après la première vague d'émotion, dans cette salle d'accouchement carrelée à la peinture défraîchie, il a regardé un long moment notre bébé encore accroché à moi par le placenta, et il a dit : « Ça fait peur. »

Steve s'est désintéressé d'Adam assez progressivement, en même temps que de moi je dirais. Ses progrès de langage, les photos que je lui montrais, la taille de ses vêtements, les dents, les pics de fièvre et l'heure du bain, c'est comme si ça ne le concernait plus. Petit à petit, ça a vraiment commencé à lui passer au-dessus de la tête. Je me chargeais de tout : l'emmener chez le pédiatre, faire les courses, les promenades, les jeux. Et même la tendresse.

À son retour du travail, il embrassait Adam, mais toujours de la même façon distante, après l'avoir soulevé en disant : « Alors ça va mon pote ? » comme s'il s'adressait à un adulte.

« Gratte-lui une clope et serre-lui la main tant qu'on y est. C'est qu'un gosse et peut-être qu'il a besoin d'affection, de sentir l'amour de son papa, fais-lui un bisou, un câlin, je sais pas moi ! »

Il me regardait à peine et répondait avec un mépris que je ne lui connaissais pas : « C'est toi qui manques de l'affection d'un daron, moi je l'aime mon fils, pas besoin de lui montrer, il le sait. »

Steve était devenu constamment fatigué, ennuyé, voire déprimé.

Il me faisait la tête depuis la fin de son projet immobilier même s'il avait affirmé le contraire.

Rancune tenace comme le titre d'un roman à l'eau de rose que j'ai emprunté à Rita et qui raconte l'histoire d'amour entre un agent du F.B.I. et la veuve d'un lieutenant de la mafia. Palpitant. Je me demande vraiment comment on peut préférer la vraie vie aux romans et aux films.

C'est là que l'agacement a commencé à monter. Mon *seumomètre* personnel flirtait facilement avec les 8 ou 9 sur 10.

Je me rappelle précisément quand j'ai commencé à le trouver laid. C'était un jeudi et il rentrait du boulot la mine grincheuse, sûrement déçu de s'être fait doubler par son collègue Tristan sur cette vente d'aspirateur Dyson Cyclone V10 absolute, à un couple d'Asiatiques. Sans même me dire bonsoir et sans un regard, il m'a demandé en fouillant partout dans le salon : « T'as pas vu mon chargeur ? » J'ai eu l'impression étrange et désagréable d'être perquisitionnée, c'est ce jour-là que je me suis aperçue qu'il avait une dégaine de keuf en civil. Comment j'ai fait pour ne pas m'en rendre compte plus tôt ?

Avis aux hommes blancs avec la même panoplie : la trentaine bien entamée, des cheveux coupés à ras, petite barbe de trois jours, casquette, jean et sweat à capuche. Gardez bien à l'esprit que dans l'espace public, vous êtes AMBIGUS. Je vous le dis, vous nous embrouillez nous autres, on n'arrive pas à savoir si vous êtes nostalgiques des années hip-hop ou si vous avez des affinités néonazies.

C'était le cas de Steve.

Quelques jours après ça, pour essayer, j'avais ôté mon alliance, et il y avait une marque claire sur mon annulaire gauche. Je m'étais dit qu'il fallait que je l'enlève plus souvent pour commencer à flouter la démarcation, et ce, jusqu'à ce qu'elle disparaisse complètement. Comme mes sentiments pour Steve Morel.

Je n'essayais même plus de lui faire la conversation. À la fin, ça se résumait à lui lire une de mes *listes de choses dont il fallait qu'on s'occupe* et dont on ne s'occupait finalement pas, comme inscrire Adam au judo ou installer un absorbeur d'humidité dans la salle de bains. Sinon, je faisais la secrétaire pour lui : « Rappelle ta mère, elle n'arrive pas à mettre en route la machine à pain que tu lui as ramenée, la notice est en néerlandais. Au fait, t'as fait le contrôle technique ? C'est bientôt la date limite. »

Une vie de couple trépidante, à faire pâlir d'envie tous les célibataires.

Ce que je n'ai jamais osé lui montrer, c'est ma *liste des choses qui assassinent notre vie de couple* :

- La quasi-disparition de nos moments d'intimité même si c'était pas foufou
- Ne plus s'embrasser pour se dire bonjour ou bonsoir
- Les prélèvements sur notre compte commun d'un site de poker en ligne avec des montants allant de 80 à 300 euros
- L'odeur de la bière
- La télévision allumée en continu
- Emporter aux toilettes son iPhone qui a encore changé de code
- Ce numéro qui revenait à de nombreuses reprises sur le relevé téléphonique

Nous ne partagions plus grand-chose.

D'autant que depuis un certain temps, pour Steve, l'islam ressemblait à un lointain souvenir. Ça ne cadrait plus du tout notre vie de famille. Le vernis craquait. L'amour, l'espoir et la spiritualité ont été remplacés par une consommation modérée d'alcool, mais jamais à la maison. Par respect envers moi. LOL. J'avais été très surprise de son virage bibine/PMU mais ne comptez pas sur moi pour jouer l'ayatollah. Il reste un homme libre. Et je ne suis pas sa mère non plus. D'ailleurs, c'est un très mauvais exemple. Désolée pour cette nouvelle balle perdue Claude-Marie mais disons que mon ex-belle-mère a le coude léger. Avant, il disait détester l'alcool et vu le passif chez nous avec mon père, vous vous doutez bien qu'on avait ça en commun. Je pensais que ça lui passerait, qu'il se donnait un genre pour s'intégrer avec ses collègues du club des chemises à manches courtes, mais non. Le vendredi soir, il sortait faire la fête sur les Grands Boulevards avec ses nouveaux copains BTS force de vente dans des pubs irlandais de ploucs. Ce genre de bars qui se paie le luxe d'avoir des videurs à l'entrée alors qu'ils devraient embaucher des racoleurs tellement tout le monde se fout de leurs soirées à thème de ringards. Ils ont de la chance que leurs établissements soient équipés d'écrans géants pour les matchs de foot, sinon personne n'y mettrait un pied. Personne hormis Steve et ses copains. Je vous fais le profil des collègues Darty en quelques mots : tatouage maori au mollet, coque de téléphone à strass, boucle de ceinture western, Ford fiesta, rugby, cigarette électronique goût barbe à papa.

Il n'en avait plus que pour eux.

Et surtout, plus que pour elle : Sonia. Il avait suffi de recouper les informations. Le numéro qui revenait sans cesse sur les relevés téléphoniques, c'était le sien. Pendant la grève des transports, ils ont fait du covoiturage parce qu'elle n'habite pas loin d'ici soi-disant. Alors que ce n'est pas du tout sa route. J'ai regardé l'organigramme du magasin : Sonia Saïdi, « responsable rayon luminaire ». Décidément, *les filles dans mon genre* ont encore de beaux jours devant elles avec Steve Morel et sa gourmette en acier gris ornée d'une plaque sur laquelle il n'a rien gravé.

En plus, tenez-vous bien, elle a 26 ans.

Je me suis mariée avec une caricature qui aurait pu être mentionnée dans une étude anthropologique des Blancs de banlieue des années 2000.

Le mec ne fait même pas l'effort de désavouer les clichés.

Et encore, on a raté le summum de la parodie. Il a loupé le virage de 2015 parce qu'après tout il avait parfaitement le profil. Steve aurait pu se faire appeler Abu Adam, rejoindre les rangs de l'État islamique à Rakka et figurer dans une vidéo qui explique le projet de destruction de l'Occident par… de purs produits de l'Occident.

Ce siècle n'est pas effrayé par les paradoxes.

Avec Steve, le reste de la vie en commun passait à l'allure d'un train de marchandises du côté de Saint-Étienne ; c'est-à-dire lentement. La plupart du temps, il était devant la télé à regarder des émissions abrutissantes dans lesquelles les intervenants prennent un ton vindicatif même pour dire des banalités. Et où les « débats » sont réduits à : Oui ou Non ? Pour ou contre ?

Parfois, je m'imaginais saisir la télécommande et couper le son. L'obliger à me regarder dans les yeux et lui demander : « Tu m'aimes encore ? Oui ou Non ? Notre mariage ? Pour ou contre ? »

16.

« Vite ! Monte et prends le volant ! »

Je me suis installée du côté conducteur dans l'un des véhicules à double commande de l'auto-école La Fontaine.

« Fais semblant de régler les rétros pour pas qu'on nous crame.
– Comment ça "pour pas qu'on nous crame" ? On a fait quoi ? Y a un cadavre dans le coffre ? »

Pas un sourire de lâché. Dommage. Normalement, la vanne du cadavre dans le coffre marche assez bien.
Hamoudi a l'air anxieux. En frottant les paumes de ses mains contre ses genoux, il regarde à droite, à gauche, derrière, comme si nous étions suivis par des gens dangereux. La

dernière fois qu'il a été dans cet état, c'était en 2014, quand il a emmené Lila en excursion à Rome grâce à une promo flash Internet : *séjours romantiques en Europe*. Naïvement, il s'était dit : Rome - Rome antique - Romantique. Mais Hamoudi n'avait pas anticipé les visites culturelles programmées par sa dulcinée. Sans shit à fumer, et sans avoir dépassé le niveau 4e à l'école, difficile de simuler de l'intérêt face à une statue de mec à poil dans un musée.

« Passe la première en douceur. Reste calme. Fais comme si de rien n'était.

– Tu dois encore de l'argent à quelqu'un ?

– Fais ce que je te dis. »

Assez nerveux pour que je m'exécute sans broncher.

« Vas-y démarre ! »

J'ai embrayé sans comprendre pourquoi il jouait le fugitif en cavale mais dans ma tête, un orchestre a commencé à interpréter la bande originale de *Scarface*. « *Push it to the limit. Walk along the razor's edge.* » Prête à griller tous les feux rouges sur mon passage et à semer les voitures qui auraient le malheur de nous prendre en chasse. Une petite pointe d'excitation m'a envahie. Ça faisait longtemps que mon cerveau n'avait pas sécrété d'endorphines de manière si fulgurante, c'est sûr que ça va finir en migraine sous la couette cette affaire.

Vous m'imaginez en femme de voyou ?

Vous avez vu ce réflexe... Pourquoi pas m'imaginer en voyou tout court ? Pourquoi je me suis directement imaginée en « femme de » ? Même dans le crime, le féminisme n'a pas fini son job. Ras le *tarma* d'avoir le rôle de la complice. Après tout, Bonnie s'en serait peut-être mieux sortie sans Clyde ! Marre de servir d'alibi, de cacher les armes et d'écrire des lettres pour distraire ces messieurs en cellule. Ou pire, de jouer la veuve éplorée. Il serait peut-être temps de prendre les rênes.

Après quelques mètres, Hamoudi vérifie une dernière fois son rétroviseur et se relâche enfin. S'il portait une cravate, il l'aurait probablement desserrée comme le font les traders des films américains des années 90, ceux avec leurs costumes trop larges et leurs énormes téléphones portables à antenne.

« C'est bon. On calme le jeu. Tout va bien. On respire.

– Qu'est-ce qui t'arrive ? Tu m'as proposé qu'on se retrouve à ta pause et ça se termine en course-poursuite avec la mafia calabraise…

– T'as vu la grande brune qui était devant l'auto-école ?

– Nan, j'ai pas fait gaffe.

– Mais si, avec les épaules larges et les cheveux super longs ?

– Je vois pas désolée.

– Elle était juste devant je te dis ! Des grands pieds, grandes bottes pointure 41-42 facile. Elle portait une jupe et des collants. Genoux carrés. La quarantaine. Rouge à lèvres bien rouge.

– Pas la peine d'insister, wallah je l'ai pas vue.

– Je lui ai fait croire que j'avais rajouté une élève sur le planning pour deux heures de conduite entre midi et deux.

– Pourquoi ?

– Elle m'a invité à déjeuner.

– Tout ce cinéma pour esquiver une meuf ?

– T'as pas bien regardé ses yeux. La vie de ma mère, c'est effrayant. Comme les zombies en Haïti. T'as entendu parler de ce phénomène ? C'est réel. Ils sortent de leurs tombes. J'ai vu une vidéo sur YouTube. On nous cache trop de choses. En parlant de ça, tu savais que Mitterrand avait enterré des poulets vivants dans les jardins de l'Élysée pour être réélu ? »

Hamoudi n'est apparemment plus du tout armé pour les rapports de séduction. Il s'est inscrit sur Tinder mais refuse de mettre sa vraie photo en profil, paranoïaque comme il est. Il a préféré fouiner sur Internet et dénicher un type qui a *un air de lui*, pour ne pas être complètement malhonnête envers ses rancards. Du coup, il emprunte la tête d'un certain Pedro González Orejuela trouvé après une recherche minutieuse sur LinkedIn. Bluffant, c'est le sosie guatémaltèque d'Hamoudi avec un costume en velours marron, un poste dans un centre médical et *mas de 500 contactos*.

Parfois, ça crée des malentendus. La dernière fille qu'il devait rencontrer IRL l'a aperçu dans le rétro et n'est jamais descendue de sa voiture. Un peu vexant. Heureusement qu'Hamoudi ne se formalise pas. J'explique pour les villageois dans mon genre : IRL signifie in real life, c'est-à-dire « dans la vraie vie », flippant d'être obligé de le préciser quand on y pense. On vit une drôle d'époque. On se donnera bientôt rendez-vous dans le café d'une réalité virtuelle vous verrez.

En tout cas, un mec comme Hamoudi, spécialiste des théories du complot absurdes, ne devrait pas rencontrer des femmes pêchées au gré des caprices de son pouce sur une application. Parce qu'il n'a tout bonnement rien à leur dire. Vu son degré de méfiance, vous imaginez bien qu'il ne va pas se confier à des inconnues.

Une fois, l'une d'elles lui a demandé où il habitait. Question pourtant simple. L'alerte *conspi* d'Hamoudi s'est enclenchée direct. Il lui a répondu : « Ah moi… tu sais, je marche au gré du vent, je suis là, je suis pas là, je suis ici, je suis là-bas… »

Il ne donne pas non plus sa vraie année de naissance et se fait appeler Ahmed. Quitte à changer d'identité, il aurait pu trouver quelque chose d'un peu plus éloigné de son vrai prénom mais il a dit vouloir rester proche de son personnage. Allez comprendre.

« Mais, genoux carrés, elle te plaît pas ?

– Laisse tomber. J'aime pas son regard je te dis. J'ai pas confiance. C'est pas bon. En plus, son fond d'écran de téléphone, c'est un chat avec une casquette.

– Eh bah, c'est mignon.

– Pas quand t'as 51 ans, je suis désolé. C'est une meuf chelou. Elle est prof de latin et elle a des pierres de toutes les couleurs dans ses poches pour éloigner les mauvaises énergies.

– Pas bête pour éviter les contrôles de police.

– Je deviens ouf. Elle prend toutes ses heures avec moi, je peux pas les refuser, c'est le taf.

Pas le choix. Mais elle m'a grave dans le viseur. Pendant que je la fais conduire, elle me frôle les cuisses, elle change sa voix en croyant que c'est sensuel et elle s'asperge de parfum avant de monter dans la caisse, c'est trop. Le pire, c'est qu'elle est nulle, elle est pas près de l'avoir son permis ! Combien de temps ça va durer encore ?!

– Hamoudi, franchement, ça va tes problèmes, y a pire dans la vie.

– Je me suis même demandé si c'était pas une keuf sous couverture.

– Pour quoi faire ??

– Me faire craquer.

– Ils veulent encore te faire tomber Al Capone ?

– Arrête de rigoler, je sais pas moi, des vieilles affaires qui peuvent remonter à la surface. J'ai pas été jugé pour tout tu sais. Y a eu des enquêtes bâclées à l'époque. Le tribunal de Bobigny est saturé.

– Par exemple ?

– Bah j'sais pas, la réserve de l'Intersport en 1999. T'as pas connu ça toi. Les doudounes Columbia bleues et blanches, je les avais écoulées comme des petits pains chauds. Je m'étais fait une blinde.

– T'as pensé à enregistrer un podcast pour raconter ton passé criminel ?

– T'as rien retenu de mes enseignements ou quoi ? Surtout ne jamais laisser de traces.

– Trop tard. Je suis inscrite à trop de newsletters claquées.

– Comment ça se passe avec la version camembert de Brad Pitt ? Tu sais que s'il joue au malin avec toi, j'le fous à poil dans le coffre, je le marave et je le laisse pour mort dans la forêt de Rambouillet ?! Tu sais ça ?

– Je sais. »

Je vous souhaite à toutes et à tous d'avoir un grand frère comme Hamoudi.

On a fini par garer le véhicule à double commande sur le parking du Wok Palace à Villepinte. Les restaurants asiatiques à volonté, c'est notre péché mignon à Hamoudi et moi. Ce qui est embarrassant, c'est qu'il garde toujours sa sacoche collée contre lui pour faire les va-et-vient entre la table et le buffet. Il se méfie des vols, et par-dessus tout, des usurpations d'identité, ce qui est tout de même un comble (cf. Pedro González Orejuela).

De retour à Livry-Gargan, on a croisé la directrice de l'auto-école La Fontaine, Khadi Traoré, alias Ali Baba roi des voleurs. C'est une fille de mon âge qui a fait toute la primaire dans la même classe que moi. Chaque fois que je la croise, j'essaie d'oublier qu'en CE2 je l'ai vue voler un billet de 200 francs dans la poche de notre institutrice, Mme Faure, pendant qu'elle avait le dos tourné. Ce jour-là, Khadi a croisé mon regard et m'a fait *chut*, le doigt sur la bouche genre *c'est notre petit secret*, répugnante tel un vieux tonton incestueux. Vous noterez que je ne l'ai jamais balancée pour les 200 balles. Si je l'avais fait, j'aurais certainement ruiné sa réputation et j'imagine qu'elle aurait eu du mal à ouvrir une auto-école de quartier et gagner la confiance de ses apprentis conducteurs. C'est que ça coûte un bras de passer ce fichu permis, on ne va pas revenir là-dessus (cf. chapitre 5).

Khadi a annoncé à Hamoudi que deux heures s'étaient libérées de 18 heures à 20 heures et qu'elle avait dû inscrire à la dernière minute une élève qui était sur liste d'attente : « Carole, la prof de latin, tu sais la brune avec les cheveux longs... »

Fallait voir la tête de Pedro Hamoudi, le pauvre, défait comme l'armée française à Diên Biên Phu.

17.

J'ai décidé de reprendre mes rêves là où je les avais laissés. Ils étaient cachés dans un coin, je ne les ai pas complètement abandonnés, mais simplement temporairement oubliés. Un peu comme la France avec son aura diplomatique.

Quand j'avais 15 ans, je possédais un atlas récupéré je ne sais où et, sur le planisphère en dernière page, j'avais pointé tous les pays que j'espérais visiter un jour. Assez émouvant de retomber dessus tant d'années après. Bon, c'est un atlas imprimé dans les années 80, autant vous dire que la face du monde a changé depuis. Bon courage pour réserver un vol vers le Zaïre ou la Yougoslavie. Je note l'importance qu'avait l'URSS avant la chute du mur, un énorme monstre qui prenait toute la place. On nous l'a enseigné de cette façon à l'école et c'était aussi l'époque où les communistes étaient systématiquement les méchants dans les films. Le russe a été la langue du diable pendant des décennies avant qu'il choisisse l'arabe LV2.

Je m'adresse aux plus jeunes, aujourd'hui « le bloc soviétique », ça ne vous évoque probablement rien, vous imaginez peut-être que je vous parle d'un accessoire de musculation pour travailler le groupe biceps-pectoraux mais je vous assure que c'était quelque chose en ce temps-là.

Je remarque aussi en regardant avec attention ce planisphère qu'avant on pouvait écrire le mot Palestine noir sur blanc sur une carte (ndlr). Et je me dis aussi que l'Histoire nous prouve qu'on fait rarement disparaître le nom d'un pays sur une carte sans un bain de sang préalable (cf. Yougoslavie, Zaïre, Palestine).

J'ai ouvert cet atlas qui était resté pendant des années au chaud dans un tiroir chez ma mère.

Je réalise que j'aimais bien le monde d'avant.

Dites-moi que nous avons encore des rêves à bâtir.

Le mien commençait par le Brésil, la Colombie, le Japon, l'Irlande, le Sénégal, les États-Unis et la Turquie.

Je ne croyais pas dire ça un jour mais si je devais reprendre ma liste, une des premières que j'aie rédigées dans ma vie, et la modifier, je commencerais par le Maroc. Je sens que j'ai besoin d'y retourner pour enfin sortir du vieux souvenir morose que j'en ai, lié à la famille de mon père qui n'avait pas été tendre avec nous.

Avant d'entreprendre le voyage introspectif que j'imagine et qui, je l'espère, sera une sorte de révélation qui fera de moi un phénix qui renaît de ses cendres, j'ai encore quelques points à régler ici. J'ai ajouté une nouveauté pour chacune des listes que je fais désormais. J'ai décidé que le niveau de difficulté de la tâche à réaliser serait noté avec des R.

R comme : à quel point c'est Relou. Un peu comme les avis Google avec leurs étoiles et ça ira aussi de 1 à 5.

Par exemple :

Liste des choses à accomplir pour entamer un nouveau chapitre de ma vie :

- Annoncer à Adam que ses parents vont divorcer ®®®
- Annoncer à maman que sa fille va divorcer ®®®®®®®®®®®®®
- M'inscrire à cette formation d'agent d'escale®®

Comme vous pouvez le constater, pour certains points, j'ai pris la liberté d'augmenter le seuil de notation.

Agent d'escale, je me suis dit que c'était une bonne idée. Ça m'est accessible, il y a un rapport avec ma passion, le voyage, et on dirait que ce métier sait ouvrir les bras aux Maghrébines capables de plaquer au gel leurs cheveux lissés et de les tirer en queue-de-cheval. Sachez que c'est un de mes nombreux talents. J'en ai déduit que j'avais toutes mes chances. Peut-être qu'on risque l'alopécie mais ça nous fait gagner du temps pour le lifting. Visage tiré et CDD, que demande le peuple ?

L'ironie, c'est que ce job me ressemble : il consiste à aider les autres à s'envoler tout en restant au sol.

18.

« Il ne mange pas ce petit !

– Oh non, pas toi, Rita ! Tu ne vas pas t'y mettre aussi ?!

– Il n'a rien voulu avaler. »

On croirait entendre ma mère. Elles se sont passé le mot ou quoi ? Qu'est-ce que c'est que cette obsession avec la nourriture ?

Quelques semaines après la naissance d'Adam, la mort dans l'âme, j'ai fini par abandonner l'allaitement à cause de ses remarques. Elle était persuadée que mon lait n'était pas suffisamment riche pour rassasier mon bébé. Je me souviens qu'elle passait son temps à me palper les seins pour vérifier que ça coulait comme il faut. C'est bien simple, j'avais l'impression d'être une chamelle. Chaque fois qu'il pleurait, elle chuchotait en arabe : « *Rah i mout be'jou3 had el would miskine.* »

Il meurt de faim ce pauvre garçon.

Je ne devrais pas faire la traduction dans le texte parce que ça nous ralentit mais franchement, flemme de rédiger un glossaire pour un dialecte qu'aucun agent de Pôle Emploi ne m'a hélas jamais encouragée à inscrire sur mon CV.

Avec ma mère, j'ai toujours ravalé ma bile mais ça m'a fait profondément douter de mes capacités. Comment rivaliser avec celle qui est sans aucun doute l'incarnation de la mère suprême ? *La madre suprema*. En plus, après moi, elle a élevé des tonnes de gosses. Je ne peux pas lutter.

Je sais qu'elle avait envie de m'aider et que ça partait d'un bon sentiment mais les goulags en Union soviétique aussi ça partait d'un bon sentiment. Va le trouver toi le courage de confronter Staline pour lui dire ses quatre vérités.

Je ne ferais jamais rien qui pourrait heurter ma maman, vous le savez.

J'ai pensé récemment à la petite enfance d'Adam. À ses premiers pas, à ses premiers mots. Ça me paraît si loin.

Comme un grand pourcentage de bébés, il a d'abord dit « papa » avant de dire « maman ».

Je m'adresse à vous les pères et je préfère être franche, inutile de vous emballer, ce n'est pas parce que vos enfants vous préfèrent à leur mère qu'ils disent papa en premier. Et contrairement à ce qu'affirment les pédiatres, ce n'est pas non plus par confort labial parce que la syllabe *pa* serait plus facile à prononcer que la syllabe *ma*. Pas du tout. Et quid des autres langues alors ? Je suis désolée, ça ne tient pas la route.

Laissez-moi vous exposer ma théorie, elle est inédite : la raison pour laquelle vos bébés disent d'abord papa, c'est tout simplement parce qu'on appelle les absents. On dit le nom de celui qui ne se trouve pas dans le même espace que soi parce qu'on se demande naturellement où il est passé. Ils ne sont pas débiles les bébés. Faut pas croire. Malgré leur entêtement à ne rien faire d'autre que chier et baver, ils ont du bon sens. Ils disent majoritairement papa d'abord parce que vous n'êtes jamais foutus d'être auprès d'eux comme nous le sommes. Dévouées corps et âme, surtout les premiers mois. Ça me paraît évident et je ne sais pas pourquoi personne ne vous le dit. On vous épargne sur tous les sujets.

C'est absurde que les gosses continuent de chercher leur père toute leur vie, même ceux qui sont descendus acheter un paquet de clopes en 1994 ou ceux qui, comme le mien, sont partis se re-reproduire dans l'espoir de mettre au monde un héritier mâle.

Ne croyez pas que je n'y aie jamais pensé.

Qu'est-ce qui arriverait s'il réapparaissait ? Et si j'apprenais sa mort, est-ce que ça me causerait du chagrin ? Est-ce que ça me ferait pleurer ? Comment je réagirais s'il revenait me demander pardon, rongé par le remords ?

Régulièrement, je me fais la scène. Je le vois vieux, les cheveux tout blancs, mais avec une meilleure mine que lorsqu'il nous a quittées. Toujours son gilet sans manches orné de seize poches qu'il porte par-dessus une bonne vieille chemise à carreaux Yves Dorsey en taille 42, référence qui a toujours autant de succès sur les marchés. Son pantalon en tergal gris increvable et ses éternels mocassins noirs qui ont pris la forme de ses orteils à force.

Faut l'imaginer les sourcils froncés en train de se toucher les joues et le menton comme s'il réfléchissait. Le contact de ses doigts râpeux sur sa barbe fait toujours ce bruit qui me met mal à l'aise. Et puis son regard mauvais et ses lèvres pincées. En vieillissant, il s'est sans doute adouci. Avec un peu de chance, il a gagné en sagesse et a moins de colère gratuite à distribuer.

Il a aussi sûrement arrêté de boire comme un trou. Il s'est probablement soigné. Il a même peut-être intégré les Alcooliques anonymes marocains ? Ah non, en fait, ça m'étonnerait que ça existe là-bas. Parce que au Maroc c'est un pléonasme, tous les alcooliques sont *anonymes*.

Mon père a eu d'autres enfants, ça, c'est sûr. Des garçons. Deux ou trois au moins, enfin je présume. Il n'a tout de même pas tout quitté pour faire le petit joueur. Comme ils vivent à la campagne, ils sont tout le temps dehors dans les champs à s'occuper des oliviers et des orangers, donc ils ont sûrement les traces de bronzage du tee-shirt avec la démarcation des manches.

J'imagine qu'ils doivent lui ressembler parce qu'il était trop déterminé à laisser son empreinte sur cette Terre. Peut-être qu'eux aussi ont pris ses yeux couleur vert d'eau. Est-ce qu'ils ont comme lui un long corps, des bras interminables et de grandes jambes raides ? C'est marrant, le corps de mon père a été fait pour fuir. C'est une silhouette dessinée en quelques traits comme un croquis. On dirait une enveloppe vide. Même si je le recroisais quelque part un jour, c'est possible que je le rate.

Petite, je trouvais qu'il ressemblait au mannequin articulé en bois qu'on utilise pour apprendre à dessiner et qui était aussi le personnage de la publicité pour le dépoussiérant O'Cedar. Si vous vous promenez au Maroc un de ces quatre, et que vous croisez un mec dans ce genre-là, demandez-lui ce qu'il devient. Juste comme ça, par curiosité.

19.

Je me demande si je suis la seule à avoir fait un rejet total du thon à la catalane depuis mon entrée dans l'âge adulte.

Toute mon enfance, à chaque sortie scolaire, vous pouviez être sûr que l'encas à prévoir par les parents n'offrirait aucune surprise. Systématiquement le même menu dans la petite besace achetée par ma mère sur un marché artisanal marocain, qui avait d'abord servi pour les boîtes-repas que mon père emportait à l'usine, et dont j'avais ensuite hérité. Je me rappelle encore parfaitement l'odeur de son cuir de chèvre et je vous passe les commentaires du genre : « ah Doria ton sac il pue des pieds » qui accompagnait ces sorties. À l'intérieur, une petite gourde en plastique qui donnait à son eau tiède un goût de… plastique et bien sûr, du thon à la catalane écrasé dans un morceau de pain de la veille fendu en deux. Un pain de la veille pour faire le casse-croûte la veille de la sortie, qu'est-ce que ça donne ? Eh bien un sandwich de l'avant-veille au thon à la catalane. Même si le déballage d'autant de plastique et d'aluminium pourrait évoquer la magie de Noël et son merveilleux matin à ouvrir des cadeaux sous le sapin, je peux vous assurer que pour moi, ni ces instants, ni le sandwich n'étaient magiques.

Sachez que je n'achète donc JAMAIS de thon à la catalane. Je considère que c'est un trauma alimentaire. Mon fils, lui, a droit à des sandwichs gourmets. Et ça, figurez-vous que c'est déjà un étage de gagné dans l'ascenseur social. Pour Adam, je suis passée fièrement au pain de mie sans croûte, à l'emmental en tranches et au jambon de dinde Fleury Michon *halal*, enfin « halal »... Inch'Allah... Je me suis renseignée, s'il s'avère que ces grands groupes industriels nous mentent sur la vérification des rituels d'abattage, c'est eux qui prennent un ticket pour l'enfer, pas nous. Nous voilà rassurés hein. Hein ?

D'après Hamoudi, les musulmans de France mangent du porc depuis des années. Il a vu une vidéo sur YouTube qu'il m'a partagée au moins trois fois. On y voit un boucher peu scrupuleux, dont le visage a été flouté, mettre un faux tampon « viande certifiée halal » sur le boule d'un mouton électrocuté le jeudi précédent et acheté à Rungis à un certain Bernard, qui avait l'air de se foutre éperdument de participer à une manœuvre destinée à tromper une communauté dont le bien-être n'est clairement pas une priorité. On voit ensuite le boucher au visage flou écouler tranquillement sa marchandise à des consommateurs musulmans qui achètent pourtant chez lui en toute confiance.

Hamoudi me dit même : « Vu les prix qu'on paie leurs conneries sous vide en supermarché et sachant que c'est sûrement du porc, autant acheter du vrai porc déclaré ! »

Bon, Hamoudi est responsable de sa propre logique. N'y voyez surtout pas une quelconque incitation. Heureusement, de nos jours, on peut trouver des boucheries halal de qualité. Même s'il faut être prêt à débourser 25 euros pour un poulet fermier rôti, ça en vaut la peine. Je pense que c'est parce qu'ils recrutent leurs poules dans les ballets de l'Opéra du *djej*. D'anciennes danseuses étoiles de basse-cour réputées pour la tendresse de leurs cuisses.

En tout cas, et c'est exceptionnel, j'ai accompagné Adam et sa classe pour la sortie scolaire au musée d'Orsay. Il manquait deux adultes encadrants et pour une fois, j'ai décidé de sortir de ma grotte et d'aller à la rencontre du monde réel. J'y ai vu une opportunité de surmonter mon traumatisme lié à cette institution qu'est l'école de la République : ® ® ® ® ® ® ® ® ® ® ® ®.

Gagnée par un entrain nouveau depuis cette conversation avec mon fils, je me sens prête à toutes les batailles.

Je sais que j'ai dit qu'il ne fallait pas trop gonfler la tête des petits garçons pour éviter d'en faire des prédateurs et des pervers narcissiques en puissance, mais mon fils est trop intelligent. Là, je vous parle d'un point de vue objectif.

Lorsque j'ai enfin décidé d'en discuter avec lui, ça n'a pas été évident de trouver les bons mots pour annoncer la nouvelle mais Adam a accueilli ça avec beaucoup de sagesse pour son jeune âge. Et moi, je n'ai pas été si mal dans le rôle de la mère qui communique. Félicitez-moi.

Vous ne devinerez jamais de qui je me suis inspirée pour me donner du courage. Contre toute attente, j'ai pensé à l'imam de la ®épublique, le représentant des musulmans de France en version originale non sous-titrée. Quand je me suis assise face à mon petit garçon, essayant de ralentir le rythme de mon cœur, pour lui expliquer que c'était fini avec son papa et alors que je me demandais comment j'allais formuler cette chose impossible, il m'est apparu, lui, l'imam, dans toute sa splendeur républicaine. S'il y en a un qui ne s'embarrasse pas avec le choix des mots, c'est bien lui. Jamais d'hésitation à prendre la parole malgré un vocabulaire limité et plus qu'approximatif. Je me suis dit que je ne pourrais jamais être moins audible que ce gars. Si lui est entendu, pourquoi pas moi ?

Qui aurait pensé qu'un jour il serait une muse ? Ou plutôt *une mus'ulmane*.

L'humour : 11 – Doria : 0

Allez, ça va, je m'avoue vaincue. Je mets en stand by mes projets de devenir clown. Remballe ton nez rouge et tes chaussures pointure 51 Doria. La vie, c'est un truc sérieux, tu devrais le savoir.

Ça a été un réel plaisir de le voir en interaction avec ses copains de classe, rire, s'intéresser à des œuvres d'art qui me paraissaient inaccessibles à son âge. Faut dire qu'on n'a pas fait beaucoup de sorties au musée quand j'étais à l'école primaire. Adam a posé plein de questions au guide, que j'ai trouvé plutôt beau gosse malgré ses yeux trop rapprochés. L'une des principales interrogations de mon fils, face au célèbre *Déjeuner sur l'herbe* de Manet, était la suivante : « Pourquoi les *monsieurs* ils ont froid et la dame, elle a pas froid ? »

Je n'avais pas réalisé que le personnage féminin était le seul à être à poil.

Après le pique-nique de Manet, à notre tour, on a fait un pique-nique sur le parvis du musée avec nos fameuses tranches de pain de mie, notre emmental et notre jambon de dinde « halal ». Marlène, l'institutrice au look de podcasteuse féministe à frange courte, a déballé son déjeuner face à nous. Sans surprise, une boîte dans laquelle il y avait du boulghour, des légumes verts et un jus d'agrumes. Elle m'a fait un peu la conversation et n'a cessé de répéter que c'était « supeeeeeeer » que je m'investisse davantage à l'école et que, depuis quelques jours, Adam avait l'air moins chagriné.

Le pouvoir des mots.

Genre, ça marche ?

20.

Ma mère ne comprend pas qu'on divorce « sans raison valable ».

Même mes forts soupçons concernant l'infidélité de Steve n'auront pas réussi à la convaincre. « Il se lassera d'elle et il reviendra. » Une tromperie, ce n'est pas assez grave à son goût. On ne renonce pas à son couple pour si peu. On ne quitte pas son mari. On ne met pas fin à sept ans de vie commune pour des broutilles. Même si je n'ai plus rien en commun avec lui, même si je m'ennuie, même si je suis malheureuse, je dois tenir mon foyer. « Si tu t'ennuies, tu peux allumer la télévision. On ne casse pas une famille parce qu'on s'ennuie. C'est péché. »

D'après elle, c'est ma faute, je ne fais aucun effort, en plus je suis toujours habillée n'importe comment, je porte des jeans d'homme et je ne me maquille pas. « Même pas un chouïa de khôl ! » Qui va accepter de m'épouser à 35 ans avec un gosse sur les bras ? « C'est fini. C'est trop tard. Comment tu vas faire maintenant ? »

Si je résume sa pensée, à quoi bon continuer de vivre puisque sans homme tout est foutu ? Surprenant venant d'une femme qui, après le départ du sien de mari, a repris son existence en main avec succès. Mais à l'écouter aujourd'hui, je n'ai plus qu'à me procurer un revolver Smith and Wesson de calibre 44 et me tirer une balle dans le caisson. Avouez que ça en jette de se suicider avec le même modèle de flingue que celui de l'inspecteur Harry. Le problème du coup de feu, c'est le boucan que ça fait. Ça risque d'alerter le gardien et tous les voisins car on l'a déjà assez répété mais ici, les murs ne sont pas épais (cf. chapitre 10 : « Eh la ferme ! Y en a qui bossent demain ! »). Je suggère d'opter pour un autre moyen : la pendaison. Laissez-moi juste le temps de passer chez Bricorama acheter une corde, 7 euros les 25 mètres, une super affaire. Parfois, il faut savoir mourir comme on a vécu, à bas prix.

Inutile de s'offusquer, vous connaissez ma mère, elle peut se montrer un peu brutale quelquefois, mais c'est simplement qu'elle s'inquiète pour moi. Pour me faire changer d'avis, les yeux embués, elle a murmuré tout près de mon visage : « *Hnine, Ma i darbekch, ou dima i chrilek cadowet diel l'anniversaire.* »

Une fois de plus, vous me pardonnerez de faire la traduction simultanée dans le texte mais je n'ai toujours pas trouvé le courage de rédiger un lexique pour une langue qui souffre d'une si mauvaise réputation. Dans les grandes lignes, elle dit que Steve est gentil, qu'il ne me tape pas et qu'il m'achetait toujours des cadeaux à mes anniversaires.

Waouh. Irrésistibles ces arguments maternels, je suis à deux doigts de foncer reconquérir mon mari en lui préparant une belle tarte aux pommes et en vaporisant les draps d'un doux parfum vanille. C'est ridicule d'avoir espéré qu'elle comprendrait mon choix. J'étais persuadée qu'elle était la mieux placée pour faire preuve de compassion. Quelle idée stupide. Je crois même que c'est plutôt le contraire.

De toute façon, j'ai renoncé à la convaincre, je n'ai plus 15 ans.

Toujours pas de nouvelles de Mme Burlaud sur Facebook, le réseau social des plus de 40 ans qui ont besoin de poster ce qu'ils ont sur le cœur, mais si elle entendait ça, je suis certaine qu'elle s'arracherait les cheveux et les bas résille. Je pense qu'elle me dirait : « Doria, là, il ne s'agit pas de toi, ça ne parle que d'elle. Ton divorce réactive sa rupture avec ton père, une séparation qu'elle a subie. »

Je ne sais même pas pourquoi je la cherche sur Internet, Mme Burlaud est toujours là, dans ma tête.

Ma mère m'a préparé un café traditionnel avec une pointe de cannelle, comme chaque fois que je lui rends visite. Je me suis arrêtée chez elle, à la cité du Paradis, en rentrant de Roissy où j'effectue en ce moment mes cent quarante heures de formation d'agent d'escale commerciale. Merci le mécénat de Pôle Emploi et tout ce que la France nous offre pour nous faire sortir du gouffre dans lequel elle nous a elle-même plongés.

J'ai garé ma petite 107, dont les injecteurs ne sont toujours pas remplacés, sur le parking désormais payant face au bloc B. Les immeubles aux façades repeintes il y a à peine quelques années semblent s'être à nouveau assombries. Un voile de désespoir se dépose sur nos existences malgré les couches de peinture. Ça me fait toujours un drôle d'effet de revenir. Je croise des jeunes gens que je ne connais même pas. Très peu de visages familiers. Le quartier ne m'appartient plus du tout. Cet endroit m'est devenu étranger. Seuls mes souvenirs et ma mère m'y ramènent encore. Elle refuse catégoriquement de partir. Sa réponse quand je lui suggère de déménager : « *Fine namchi ? Mana3Raf walou manghir had el houma. Mwalfa hna.* »

Allez, on enclenche la Version Originale sous-titrée français : « Pour aller où ? Je ne connais pas autre chose qu'ici. J'ai mes habitudes. » Même l'appartement est méconnaissable. Il est si différent de l'époque où j'y vivais avec elle. Au fur et à mesure des années, j'ai dégagé à peu près toutes ses vieilleries récupérées au Secours catholique, chinées en brocante, ou chez Emmaüs. Une odeur de cabinet d'antiquités avait imprégné jusqu'à la tapisserie. À cause de ça, je ne supporte pas d'acheter des fringues vintage dans les friperies de bobos. Ça me rappelle trop de mauvais souvenirs. Y a vraiment qu'eux pour payer une blinde des fringues portées en 1970 qui sentent les fonds de placard.

D'ailleurs, je viens de l'aider à accrocher les rideaux neufs que tante Zohra lui a cousus. Ils sont verts avec une frange dorée. Elle n'a pas perdu la main la tante Z, même si ses yeux sont fatigués désormais. En parlant de ça, ma mère porte encore ses lunettes aux montures carrées et aux verres fumés qui lui donnent l'allure d'un officier du commissariat central de la rue Hariri à Tanger. Désolée mais je n'arrive toujours pas à m'y faire. En plus, la mutuelle n'a pas remboursé si bien que je le croyais mais bref, pas la peine de revenir là-dessus.

Si l'inspecteur Yasmina ne voit pas d'un bon œil ma décision de divorcer, c'est parce que ça la renvoie à sa propre douleur, et comme tout ce qui fait mal, je me dis que ça nécessitera un peu de temps.

« *Meskine Steve, houwa rajel meziane, yimmeh li khayba.* »

Attendez deux secondes que j'active le mode bilingue : « Pauvre Steve, lui c'est un homme bon. C'est sa mère qui est mauvaise. »

Bon, sur la mère mauvaise, je ne vais pas la contredire.

Eh oui les loulous, si vous faites partie des cent premiers à commenter avec le hashtag #chocdescultures, vous aurez une belle surprise. N'oubliez pas de vous abonner à mon compte Insta @dorialamalice pour toujours plus d'anecdotes croustillantes.

Restez assis, car je réalise que je ne vous ai toujours pas raconté la rencontre au sommet entre ma mère et celle de Steve. Une guerre des nerfs a opposé Yasmina alias la gazelle de l'Atlas, et Claude-Marie AKA le bouc du Jura. Le face-à-face a eu lieu en 2015. Nous avons joué à domicile, dans ce même salon, chez nous, à la cité du Paradis. Je rappelle que 2015, c'était l'année où il valait mieux être Charlie que Mohammed. 2016 aussi si on y pense. 2017 idem. 2018, 2019, 2020. Bon, on a compris. Revenons à notre duel au sommet. Vous auriez parié à dix contre un pour la gazelle de l'Atlas même si le bouc du Jura était donné favori. C'est hilarant quand j'y repense.

Évidemment, ma mère, qui avait la ferme intention de se faire bien voir et de bien recevoir, avait préparé un tajine agneau-pruneaux-amandes grillées, un pain maison, du jus d'avocat, et des cornes de gazelle. Pour ce faire, elle s'était levée à 4 heures du matin. Une organisation que je qualifierais de quasi militaire afin que tout soit prêt à temps.

Claude-Marie et Bruno ont débarqué vers 13 h 45 avec un cactus acheté chez Monceau Fleurs et ont décliné l'offre de ma mère de se mettre à table expliquant avoir déjà déjeuné. Évidemment, ils ont gardé leurs godasses et Claude-Marie a demandé si elle pouvait s'allumer une cigarette. Ma mère, qui fulminait derrière un sourire de façade, tout comme son immeuble fraîchement repeint, a répondu : « Non excuse-moi pas dans ma maison je supporte pas la cigarette à cause de mon mari qu'il est parti. »

Claude-Marie, vexée, a rangé sa tige dans son paquet parce qu'elle l'avait déjà presque portée à la bouche sans avoir attendu la réponse de ma mère. Avec Steve, on s'est échangé un regard qui signifiait : « Je ne sais pas qui de nous deux va compter les points mais la situation nécessite un arbitrage sérieux. »

Évidemment, Bruno a fait ce truc insupportable de parler à maman très lentement et très fort en pensant, lui aussi, que le volume sonore allait enjamber la barrière de la langue.

« ÇA FAIT LONGTEMPS QUE TU ES ARRIVÉE DANS NOTRE PAYS ? TU ES BIEN ICI ? TU TE PLAIS ? » C'était d'autant plus risible que ma mère parle mieux français que lui si je dois être honnête. Elle ne s'est pas laissé démonter. « 1984 que je suis ici en France. Quarante ans. » Elle l'a défié du regard comme s'il avait proposé de la reconduire à la frontière. Je ne mentionnerai même pas le fait qu'ils l'ont tutoyée tout le long, et qu'elle continuait de les vouvoyer. Un vestige de ses cours d'alphabétisation. Il y a des choses qu'on n'oublie pas. Steve, quant à lui, a accepté de goûter au tajine agneau-pruneaux et ne s'est pas montré avare en compliments. À l'époque, j'avais trouvé qu'il en faisait des tonnes, style le gendre idéal, mais le jour où j'ai essayé la cuisine de mon ex-belle-mère, j'ai mieux compris son enthousiasme exacerbé. Je me souviens particulièrement d'un gratin de brocolis un dimanche à déjeuner. C'était à l'approche de l'été, j'étais enceinte d'Adam. En fond sonore, le générique des « 12 coups de midi », qui est la bande originale de la vie de Claude-Marie faut croire. Elle avait déposé le plat sur la table avec une fierté non dissimulée, la pauvre, elle pensait clairement avoir *dead* ça. Première bouchée, je vous assure que j'ai vu ma vie défiler devant mes yeux, comme dans les films. Par politesse, j'avais mis ça sur le compte des nausées liées à la grossesse mais c'était faux, si j'ai vomi, c'est uniquement à cause de son gratin écœurant. Pour le cuisiner ce truc, ce n'est pas une recette qu'elle a suivie, c'est une rumeur.

Claude-Marie n'a pas arrêté de scruter ma mère et aussi l'appartement dans les moindres détails. Les yeux comme des radars installés par la gendarmerie sur une départementale fréquentée. De sa bouche pincée peinte en rouge corail, elle n'a pas sorti grand-chose à part qu'« il y a plus de saisons », qu'« on sait plus comment qu'il faut s'habiller », et que les terroristes « on les laissera pas prendre notre liberté d'expression parce qu'on a encore le droit de faire ce qu'on veut chez nous ».

Je laisse le meilleur pour la fin.

Bruno a fini par embrayer sur ce qui nous réunissait ce jour-là. « BAH ALORS CES CONS-LÀ C'EST QU'ILS VEULENT SE MARIER ! » Et ma mère, en leur servant le thé à la menthe, qu'ils n'ont pas pu refuser, a monté la théière aussi haut que possible et a répondu : « C'est comme ça, on accepte pour nos enfants, dommage c'est pas nous qu'on décide à leur place. »

Pas en reste, Claude-Marie a enchaîné sans cligner des yeux et avec un sourire forcé : « Si j'avais choisi pour mon fils, on serait pas là, mais qu'est-ce que tu veux, faut faire avec. Hmmm. Très bon le thé mais oulala c'est sucré dis ! »

Finalement, les choses s'organisent entre Steve et moi.

Après quelques réglages pour réapprendre à communiquer, on a réussi à se mettre d'accord pour divorcer à l'amiable.

Il fallait juste laisser passer la phase orageuse des regrets qui se manifestaient par des messages vocaux enregistrés sous whisky à 2 heures du matin dans lesquels il me demandait pardon, m'assurait qu'il allait changer et que c'était fini avec l'autre, que ce n'était pas du sérieux ni de l'amour avec elle, que c'était rien qu'une gamine et que moi j'étais la femme de sa vie. À la fin, il me suppliait de revenir dans un sanglot. Certains soirs, le remords s'exprimait par l'envoi acharné de toutes nos photos de couple agrémentées d'emojis cœurs brisés.

Il y a des jours où j'aurais pu craquer en pensant à ma mère et à ses arguments. Je me sentais terriblement coupable de briser ma famille. Je me trouvais égoïste, comme mon père.

J'ai même déjà eu envie de revenir sur ma décision et puis je réalisais vite que je confondais ma peur de la solitude avec le manque de lui.

Steve est retourné vivre chez ses parents le temps de trouver quelque chose dans le périmètre de l'école d'Adam. Espérons qu'il n'aura pas l'idée de faire du rangement dans leur garage au risque de tomber sur un emballage en carton *CoquinCoquine – Erotic Store*. Figurez-vous que je ne lui ai toujours rien dit à ce sujet. J'ai décidé de garder le secret pour moi finalement. Comme quoi, même au plus fort du seum, je ne sais pas faire preuve de cruauté. Je crèverai avec des images de Bruno et Claude-Marie en train de mimer un examen colorectal.

Pour le petit, on s'est mis d'accord sur une semaine chacun, et les mercredis, il sera avec l'une des deux grand-mères. Semaine A : Yasmina. Semaine B : Claude-Marie. Notre fils a l'air d'accepter assez bien la situation maintenant qu'on lui a tout expliqué. Pas de régression genre pipi au lit, de crises de larmes ou de démonstrations de violence. Tout lui semble parfaitement normal. Et Dieu soit loué, je n'ai noté aucun signe de schizophrénie précoce, Adam a l'air de passer des « 12 coups de midi » à la retransmission du Hajj sur Iqra TV avec une aisance admirable. J'ai confiance en lui. Il saura tirer profit de sa condition d'*hybride*. D'ailleurs, ce mot me plaît bien.

Définition d'hybride : « composé de deux éléments de nature différente anormalement réunis ».

Il n'aura fallu qu'une génération pour changer de paradigme.

À Adam, il ne sera pas demandé de s'intégrer, mais de s'adapter.

21.

Il y a cette femme, Cécile, qui a six enfants de quatorze pères différents. Je ne suis pas une flèche en maths mais c'est l'impression que ça fait.

À la fin des années 2000, dans le quartier, tout le monde se moquait d'elle, particulièrement les autres femmes. On critiquait ses mœurs légères, l'éducation bordélique qu'elle semblait donner aux gosses et cette façon qu'elle avait de trimballer sa joyeuse tribu partout, de parler fort, et d'envahir les autobus et les trottoirs avec sa poussette triple sans se soucier des gens.

Le peuple n'avait qu'une question en tête : où sont les pères ? Dans la ville, on jouait à savoir lesquels des gamins avaient un géniteur en commun, on essayait de trouver des similitudes physiques dans les traits de leurs visages. Mais elle, Cécile, elle n'en avait rien à secouer. Ça lui passait au-dessus. Il y avait pas mal de rumeurs à son sujet. Certains disaient qu'elle jouait la nourrice, c'est-à-dire cacher de la drogue, de l'argent et des armes à feu dans son appartement pour des dealeurs afin d'arrondir les fins de mois. On lui a aussi prêté des liaisons avec l'entraîneur du club de foot du quartier, le directeur du centre social et même le maire. Apparemment, c'est grâce à ça qu'elle aurait obtenu son logement social refait à neuf avec les nouvelles normes. LOL.

C'est certain que ces ragots lui arrivaient aux oreilles mais je le répète, elle n'en avait rien à faire.

Récemment, je l'ai croisée devant l'école d'Adam en train de récupérer des enfants qui n'étaient probablement pas les siens. On a parfois des surprises avec la génétique alors je ne voudrais pas faire de fausses affirmations, mais les petits étaient blancs, j'en ai donc déduit qu'ils appartenaient à quelqu'un d'autre. Si ma mère me lisait, elle dirait que de toute façon, « nos enfants ne nous appartiennent pas. Ils appartiennent à leur Créateur. Nous sommes simplement chargés de les élever et de leur donner de l'amour. Ils ne sont pas notre propriété ».

C'est juste, et c'est beau je trouve. Ce serait bien qu'elle applique cette sagesse à sa propre gosse ; à savoir votre humble narratrice ici présente dont l'âme pure et la grâce naturelle irradient ces lignes. D'ailleurs, je viens de poster une nouvelle photo de profil sur mon Insta : @dorialamalice, n'hésitez pas à la liker les loulous, donnez-moi de la force, j'essaie ici de reprendre confiance en moi. *Recuperar mi autoestima.*

Ça faisait un bail que je n'avais pas vu Cécile. Toujours aussi pimpante, elle n'a pas pris une ride. N'y voyez rien de raciste sur le fait que les Noirs sont difficiles à situer en termes d'âge, ou qu'ils vieilliraient mieux que les Blancs. Je vous vois venir, alors avouons-le, si on prend une femme blanche de 50 ans et une femme noire de 50 ans et qu'on les compare physiquement... bref. Pas là pour réactiver les théories racistes de la fin du XIXe siècle mais quand même, on a le droit de comptabiliser le peu de privilèges que possède une femme noire en France.

Pour une fois, on a pris le temps de papoter devant la grille. À l'écart des autres parents, toujours dans le collimateur des Mafia's Mammas. J'essayais d'ignorer les tentatives de *Eye Contact* des membres du club des djellabas qui avaient sûrement envie de confirmer les bruits qui courent à mon sujet.

Je ne savais rien de la vie de Cécile en dehors de sa poussette triple et de son goût pour les perruques farfelues. À vrai dire, on se croisait de temps en temps et on échangeait des banalités.

Ce jour-là, étrangement, elle s'est livrée à moi comme elle ne l'avait jamais fait auparavant. Est-ce parce qu'elle a senti que j'avais besoin qu'une femme me donne du courage ?

Parce que du courage, on peut dire qu'elle en a à revendre. Elle m'a appris qu'elle avait quitté Brazzaville en 1997 pendant la guerre civile en laissant tout derrière elle, y compris des membres de sa famille qui ont été assassinés et qu'elle n'a même pas pu enterrer dignement. Par l'intermédiaire d'une famille belge pour qui elle travaillait, elle a pu rejoindre Bruxelles, puis Paris. Je ne suis pas non plus une crack en géopolitique mais je trouve ça toujours impressionnant la responsabilité des pays d'accueil dans le désordre qui vous contraint à quitter votre pays d'origine. Bref, je ne vais pas ouvrir un chapitre sur la Françafrique parce que je suis loin d'être une experte mais Hamoudi m'a envoyé une vidéo YouTube qui pourrait vous sidérer.

Revenons à notre amie Cécile et à son histoire que j'ai découverte au détour d'une banale conversation devant l'école de la République. Dans sa fraîche vingtaine, elle saisit toutes les opportunités que la Ville lumière lui offre et apprécie de se sentir une femme libre. Chaque histoire qu'elle vit avec un homme a porté une promesse, peut-être qu'elle rêvait d'une grande famille à nouveau. J'imagine qu'en quelque sorte elle a voulu reconstituer sa tribu perdue. « Les enfants sont une bénédiction. »

Et quand elle me dit ça, vous la verriez : son souffle, sa façon de pointer son index à l'ongle manucuré vers le ciel, son regard, tout me raconte comme c'était beau mais difficile d'élever ses enfants. Elle m'a dit : « J'ai aimé les pères de mes enfants, chacun à sa façon, et même s'ils n'ont pas voulu me marier, mes enfants sont baptisés et ils sont bénis par le Seigneur. Chaque fois qu'un homme m'a laissée, j'ai continué d'avancer parce que mes bébés m'ont donné la volonté. Je n'étais pas triste. J'étais même reconnaissante d'avoir vécu de belles choses. Et puis, je suis bien heureuse sans homme. Regarde-moi, je peux accrocher mes tringles à rideaux, ouvrir un bocal, et travailler pour nourrir ma famille. En plus, je suis encore séduisante. Aucun homme ne m'a éteinte. La lumière de Jésus est éternelle. »

On s'est fait la bise pour se quitter. C'était chaleureux. Elle m'a demandé de saluer ma mère et elle est repartie avec son grand manteau en fausse fourrure motif zèbre et les deux gosses blancs qu'elle était peut-être en train de kidnapper.

L'écouter parler avec tant de confiance a ouvert une petite porte dans mon cœur. Ça me fait penser à cette fameuse phrase que les plus de 40 ans qui en ont gros sur la patate adorent poster sur leur page Facebook. Un truc en rapport avec l'échec qui n'en est pas un, mais plutôt une expérience qui nous transforme positivement bla-bla-bla. Je vous jure que si ma formation d'agent d'escale ne me plaisait pas autant, je me serais lancée dans le coaching moi aussi, comme la moitié des trentenaires qui lâchent leurs boulots d'employés dans lesquels ils ne trouvent plus aucun sens. C'est une vraie dérive de notre époque, il y aura bientôt plus de coachs en tout genre que de personnes à coacher.

Après avoir quitté Cécile, je rebrousse chemin et suis contrainte de passer devant les quatre paires d'yeux les plus dangereuses de la région Île-de-France. Djellaba Guépard est carrément équipée d'une technologie dernier cri : les lasers antisuccès, un regard et vous ratez votre vie.

Je m'approche, et une fois n'est pas coutume, j'ai toutes les couches de l'épiderme en feu tellement je les sens me scruter.

Pyjama velours Mickey m'interpelle en faisant un geste de la main du type « viens ici », geste utilisé exclusivement par le tôlier de la prison de Lagos pour accueillir un nouveau détenu.

De loin : « Salam Doria ! T'es toujours en train de courir toi ! »

Vous connaissez le protocole anti-œil :
« بِسْمِ اللَّهِ الرَّحْمَنِ الرَّحِيمِ قُلْ أَعُوذُ بِرَبِّ الْفَلَقِ »

Normalement, avec mon don pour l'esquive, en une pirouette et trois cacahuètes, je me serais tirée déjà bien loin des Claudettes de Casablanca. Mais ce matin-là, inspirée par le flegme plus congolais que britannique de Cécile, je me suis approchée en espérant que Dieu et ma crème de jour me protégeraient suffisamment des rayons UV (Ultra Vénères) émis par les mamans intrépides.

« Ça va Doria ? Et ta maman ça va ?

– Hamdoullah merci, et vous ça va ? »

Vu qu'elles sont toujours devant l'école, j'en déduis qu'il n'y a pas de promos chez Action. C'était la semaine dernière l'offre sur la friteuse sans huile à 59,99 euros. Déçue de l'avoir loupée. Tant pis, je continue mon ascension vers le cholestérol en attendant les prochaines offres.

« Tu veux un café ? »

What ? Carrément Djellaba motif guépard sort de son cabas un thermos argenté et des tasses en plastique. Je n'en reviens pas de cette organisation. Mieux équipées que des campeurs en montagne pour commérer dans des conditions optimales.

« Non merci, j'en ai déjà pris un. »

Elle aurait dû me proposer de la tequila vu ce qui m'attend. Sans surprise, c'est Djellaba Gucci qui enclenche l'interrogatoire. La reine des paillettes ne m'a pas laissé le temps de faire appel à un avocat.

« Tu sais ma chérie, j'ai entendu dire que ton mari est parti ? C'est vrai ou les gens racontent n'importe quoi ? »

Plutôt que de me dérober, je les ai regardées fixement, l'une après l'autre, en espérant enfin conjurer l'œil.

Sûre de mon effet, j'ai répondu :

« Les gens racontent n'importe quoi. C'est pas lui qui est parti, c'est moi qui l'ai mis dehors. »

Je peux dire que ça les a mis K.-O., les mannequins pyjamas qui ne s'attendaient sûrement pas à ce crochet du gauche.

Malgré mon sentiment de puissance et de reprise de pouvoir, j'ai entendu l'une d'entre elles chuchoter : « Eh bah quoi ? C'est kif kif… »

Avec l'aimable et fraternel soutien de :

L'association A.C.T (Approches Cultures et Territoires) et en particulier celui de Soraya Guendouz

Nora Mekmouche

À Hanifa Taguelmint pour l'association Mémoire en Marche

À Artagon Pantin

Remerciements affectueux à :

Tassadit Imache, Imany, Salem Brahimi, Rachida Brakni, Vincent Cappello, Matthieu Di Stefano, Ferouze Weiss, Rebecca Carter, Sarah Ardizzone, Sylvie Paz, Laura Mekhalfia, les sœurs Hosny : Samah, Fatene, Nelly et leur grandiose maman Nacera, la famille Ben Messaoud, Laïla et Sarra Saidi, Ouarda Benlala, Maboula Soumahoro, Naïma Yahi, Keira Mammeri, Guy et Véronique Benisty, Jamila

Jennani, Farida Bouchafa qui s'est occupée de mon bébé avec amour pour me permettre de finir ce roman.

Comme en 2004, je dédie ce texte à mes parents.

À ma vaillante et douce maman : Khadra, qui a été ma principale source d'inspiration et dont la droiture, la bonté et l'amour m'ont sauvé. À l'instar de mon personnage, j'ai une admiration sans borne pour ma mère. Rien à foutre des prix littéraires si je lis de la fierté dans ses yeux.

À la mémoire de mon père : Abdelhamid. Le vide que tu as laissé est impossible à combler. Sans toi, le monde est un désert. Chaque jour, je pense à la dignité dont tu as toujours fait preuve, à ton humour, à ton mouchoir en tissu, à une époque qui n'est plus, à ton sens de l'engagement, de la responsabilité et à ta fidélité, des ingrédients de choix pour faire un père d'exception.

Contrairement à Doria, j'ai eu cette chance.

À ma sœur Mounia, la plus courageuse et la plus drôle et à mon frère Mohammed, le préféré indétrônable, qui ont vécu par ricochet l'incroyable accident qu'a été la publication de *Kiffe Kiffe Demain* il y a 20 ans.

À Sabri, le meilleur des beaux-frères.

À Cheïma et Nassim, mes amours de neveux.

Je dédie aussi ce livre à celui qui m'accompagne et qui me comble : Djamil. Merci de rendre ma vie exceptionnellement belle et joyeuse tous les jours, un amour infini et pas une seconde d'ennui, mais arrête de faire croire aux gens que tu es mon co-auteur sinon je révèle au public que tu voles mes vannes impunément et le monde réalisera enfin que c'est moi la plus marrante de nous deux.

À mes filles, mes douces : Assia et Selma. Je suis tellement chanceuse d'être votre maman. Deux amours surpuissants qui me donnent la force de continuer à chercher du sens à ce monde de dingos. Je vous aime.

À la famille Bouanani et en particulier à Moué, ma tendre belle-mère qui fait mentir les clichés sur les belles-mères, et qui, elle aussi, est plus drôle que toi Djamil.

Je veux dédier cet anniversaire à ceux qui ont rendu possible cette histoire et qui ont cru en ce premier texte alors que j'avais à peine 17 ans.

À Boris Seguin et Isabelle Seguin.

L'un était un professeur non conventionnel qui enseignait le français au collège Jean Jaurès, cité des Courtillières à Pantin et présidait l'association Les Engraineurs basée dans ce même quartier. L'autre était une brillante éditrice qui dirigeait à l'époque les éditions Hachette Littérature.

Ils étaient frère et sœur.

Un jour de 2003, l'un a filé mes feuilles de classeur petits carreaux manuscrites à l'autre, qui m'a appelé dans la foulée parce qu'elle y voyait déjà un roman.

Il y a des êtres qui traversent votre vie avec une grâce qu'on n'oublie jamais. Je pense à eux de tout mon cœur.

Leur perte a été douloureuse mais jamais leur esprit ne me quittera, à chaque projet, à chaque roman, ils sont là.

Pensée à Catherine Sales, à Lola, à Vladimir et à Gilles Achache et ses enfants.

Une immense gratitude à toute l'équipe de la maison Hachette Littérature qui a partagé le succès inattendu de 2004, en particulier à Cécile Mariani, Virginie Rouxel et Guillaume Allary.

Bien sûr, je veux vous remercier vous, qui lisez mes lignes. Lectrices et lecteurs, surtout ceux de la première heure, celles et ceux pour qui Kiffe-Kiffe Demain a compté, d'une façon ou d'une autre. Merci infiniment pour vos encouragements et votre soutien. Et si, dans cette œuvre de fiction, j'ai pu offrir à certains d'entre nous un reflet fidèle, une représentation sincère, je vous remercie de me l'avoir exprimé au cours de ces vingt dernières années. C'est ce qui m'a fait continuer d'écrire.

Faïza Guène

Composition réalisée par Belle Page

Cet ouvrage a été imprimé en France par
CPI Brodard & Taupin
Avenue Rhin et Danube
72200 La Flèche (France)

pour le compte des Éditions Fayard
13 rue du Montparnasse, 75006 Paris
en juillet 2024

fayard s'engage pour l'environnement en réduisant l'empreinte carbone de ses livres. Celle de cet exemplaire est de :
350 g éq. CO_2
Rendez-vous sur www.fayard-durable.fr

N° d'édition : 34-0481-2/01 - N° d'impression : 3057547